T0248450

Tim Winton
Respira

Traducción de Eduardo Jordá

Libros del Asteroide

Publicado por Libros del Asteroide S.L.U.
Santaló, 11-13, 3.º 1.ª
08021 Barcelona
España
www.librosdelasteroide.com

ISBN: 978-84-19089-90-8
Depósito legal: B. 10114-2024
Impreso por Kadmos
Impreso en España - Printed in Spain
Diseño de colección: Enric Jardí
Diseño de cubierta: Duró

Este libro ha sido impreso con un papel ahuesado,
neutro y satinado de ochenta gramos, procedente de bosques
correctamente gestionados y con celulosa 100 % libre de cloro,
y ha sido compaginado con la tipografía Sabon en cuerpo 11.

Para Howard Willis

Vamos a toda pastilla por la avenida bordeada de árboles con la sirena y las luces puestas y cuando el GPS nos ordena girar a la izquierda doblamos tan deprisa que todo el equipamiento se bambolea y choca contra la pared. No digo ni pío. Al fondo de la calle, en este barrio de las afueras, veo que la casa está tan iluminada como un crucero de vacaciones.

Ya estamos, dice ella antes de que yo pueda señalar la casa.

Por mí no te prives de acelerar.

¿Te estás poniendo nervioso, Bruce?

Algo así…, murmuro.

Pero la verdad es que me encuentro la mar de bien. Es justamente en estos momentos cuando me siento muy bien, cuando las terminaciones nerviosas se ponen a cantar y las tripas se tensan ante lo que se les viene encima. Ha sido una guardia muy larga y tranquila, pero Jodie y yo no nos llevamos nada bien. Cuando hacíamos el relevo he oído sin querer una conversación que no debería haber oído. Pero eso ha ocurrido hace ya muchas horas. Ahora estoy inquieto. Tengo miedo. Venga, ya, cuanto antes, mejor.

En la dirección desde donde nos han llamado, Jodie apaga la sirena y maniobra para subir marcha atrás por una cuesta empinada. Me da la impresión de que está sobreexcitada y que quiere alardear un poco de lo buena profesional que cree ser. No es una mala chica, solo que está un poco verde. Aunque ella no lo sabe, tengo hijas de su edad.

Cuando echa el freno de mano y llama para anunciar que ya hemos llegado, salto afuera y abro la puerta lateral para coger el equipo de reanimación. En la hierba cubierta de rocío, bajo los escalones del porche, hay un tipo de mediana edad que se está abrazando a sí mismo sin decir nada. Enseguida veo que no es nuestro hombre, aunque lo más seguro es que tenga la clavícula hecha polvo. Así que se lo dejo a Jodie y subo los escalones para anunciar desde la puerta abierta que hemos llegado.

En la sala de estar hay dos chicas adolescentes medio derrumbadas en los dos extremos de un sofá de cuero.

¿Es en el piso de arriba?, pregunto.

Una de ellas levanta el dedo sin mover siquiera la cabeza y me doy cuenta de que este trabajo se ha convertido en un simple servicio de recogida a domicilio. Por lo general la gente siente un chispazo de esperanza al ver el uniforme, pero ninguna de estas chicas se digna mirarme.

No es difícil encontrar el dormitorio. Hay una esterilla con vómito en el pasillo. Astillas de madera. Entro por la puerta destrozada y veo a la madre en la cama donde está tendido el chico. Mientras entro en la habitación sin hacer ruido observo bien lo que hay ahí dentro. El cuarto huele a marihuana, orina y desinfectante, y es evidente que ella lo ha descolgado y luego lo ha vestido y lo ha intentado limpiar todo.

Me deslizo al lado de la mujer y hago mi trabajo aunque el crío ya lleva un buen rato muerto. Debe de tener unos diecisiete años. Hay marcas de ligaduras en el cuello y moretones más antiguos rodeando las marcas. Mientras voy moviendo el cuerpo ella sigue acariciando el pelo del chico, rizado y oscuro. Un chico guapo. Lo ha lavado. Huele a jabón Pears y a ropa limpia. Le pregunto cómo se llama y cómo se llama su hijo. Me dice que ella se llama June y que el chico se llama Aaron.

Lo siento, June, susurro, pero ha fallecido.

Lo sé.

Lo has encontrado hace un rato, ¿no? Cuando nos llamaste.

La mujer no dice nada.

June, no soy de la policía.

Pero ya vienen de camino.

¿Puedo abrir el armario?, le pregunto justo cuando Jodie entra en la habitación.

Preferiría que no lo hicieras, dice June.

Vale. Pero ya sabes que la policía lo abrirá.

¿Tienen que abrirlo?

Por primera vez, la madre me mira directamente a la cara. Es una cuarentona hermosa con el pelo corto de color castaño oscuro y con unos sofisticados pendientes colgantes. Puedo imaginar que una hora antes, cuando sus labios pintados y su vida estaban aún intactos, era una mujer que caminaba erguida y rebosante de confianza en sí misma, y que incluso podría mostrarse un poco arrogante.

Tienen que hacerlo, June.

Parece que has hecho alguna clase de... suposición.

June, digo mirando de reojo a Jodie, vamos a suponer que en la vida he visto ya unas cuantas cosas. Pero no puedo empezar a contártelas ahora.

Entonces dime cómo ha ocurrido, por qué se ha hecho esto a sí mismo.

He pedido que venga otra ambulancia, dice Jodie.

Sí, muy bien, murmuro. June, aquí está Jodie. Es la persona que me acompaña esta noche.

Venga, dime por qué.

Porque tu marido se ha destrozado la clavícula, dice Jodie. Tuvo que echar esta puerta abajo, ¿no?

Entonces, ¿qué les digo?, dice la madre sin prestar atención a lo que dice Jodie.

Eso tienes que decidirlo tú, digo. Pero no hay que avergonzarse de decir la verdad. Es lo mejor para todos.

La mujer vuelve a mirarme. Me pongo en cuclillas delante de ella, junto a la cama. Ella se baja la falda hasta las rodillas.

Tengo que decir toda la verdad, musita.

Intento dirigirle una sonrisa amistosa pero mi rostro está demasiado tenso. En la pared de detrás veo los pósteres que suele haber en cualquier dormitorio de adolescente: surfistas, estrellas de rock, mujeres en poses provocativas. En el estante de encima del escritorio hay trofeos deportivos y recuerdos de Bali, y el salvapantallas del ordenador muestra en bucle las torres gemelas derrumbándose hasta el infinito. La mujer acerca su mano a la mía y yo se la cojo. Está tan fría como su hijo muerto.

Nadie lo va a entender.

No, digo, probablemente no.

Tú tienes hijos, ¿no?

Sí.

Se oyen portazos que llegan desde la calle.

June, ¿preferirías estar un momento a solas con Aaron antes de que llegue la policía?

Ya lo he hecho, dice, y me suelta la mano y se la pasa distraída por el pelo.

Jodie, ¿podrías bajar y decirle a la policía dónde estamos?

Jodie se cruza de brazos con un gesto insolente, pero se marcha con una sacudida rápida de su coleta rubia.

Esa chica no te tiene ningún aprecio.

No, la verdad es que no.

Entonces, ¿qué hago?

Yo no puedo decírtelo, June.

Tengo que pensar en mis otros hijos.

Sí.

Y tengo un marido.

Me temo que tendrán que llevarlo al hospital.

Suerte que tiene.

Me pongo en pie y voy recogiendo el equipo. Ella se levanta y se sacude la falda y vuelve a mirar al chico que yace sobre la cama.

¿Quieres que llame a alguien?

Jodie aparece en la puerta acompañada por dos policías.

¿Llamar?, dice June. Bueno, podrías llamar a mi hijo. Como puedes ver, no quiere escuchar a su madre.

Cuando estamos a punto de llegar a la base para hacer el relevo, Jodie rompe el silencio.

¿Cuándo tienes previsto contarme todo lo que ha pasado?

Todo ¿de qué?

De esa pobre mujer. Por un segundo pensé que estabas coqueteando con ella.

Bueno, si quieres puedes añadirlo a tu lista de agravios.

Mira, lo siento mucho.

Arrogante, distante, sexista, mal comunicador, agresivo. Está claro que me he quedado rezagado en muchas cosas, pero es que he llegado tarde. Pero por si te sirve de algo, Jodie, no soy un veterano de la guerra de Vietnam. Aunque no te lo creas, soy demasiado joven.

Me siento fatal, ¿sabes?

Pues entonces cámbiate de turno. Haz lo que te convenga. Pero no vengas a darme la lata justo al final del turno y en la puta base cuando me pillas desprevenido. Es muy hostil y demuestra lo poco profesional que eres.

Mira, ya te he dicho que lo siento.

Cuando la miro, los faros de un camión que pasa por la carretera me permiten ver que está a punto de llorar. Se agarra al volante como si fuera lo único que la mantiene en su sitio.

¿Estás bien?

Dice que sí con la cabeza. Bajo la ventanilla. La ciudad huele a césped mojado y a tubos de escape.

No creía que pudiera afectarme tanto.

¿El qué?

Ha sido mi primer suicidio, susurra.

Sí, es duro, pero no ha sido un suicidio.

Dios santo, Bruce, pero si han tenido que derribar la puerta y luego descolgarlo. El chico se había ahorcado.

Fue un accidente.

¿Y cómo demonios lo sabes?

Bueno, recuerda que soy un sabelotodo.

Hace una mueca de desagrado y yo me echo a reír.

Dios, vaya tipo raro que eres.

Supongo que sí.

Pero ¿no vas a contarme nada? No me puedo creer que no quieras contarme nada.

Estoy un minuto callado y me acuerdo de esos desgraciados limpiando el cuarto antes de que llegáramos. Y la madre ahí sentada, intentando elegir una vergüenza en vez de otra. Y las dos chicas allí abajo en estado de shock. Y el padre en la hierba como una estatua.

A lo mejor te lo cuento otro día, le digo.

Bueno, dice, por hoy ya he dicho todo lo que tenía que decir.

Seguimos conduciendo en silencio hasta el garaje.

Me paso demasiado tiempo impactando a toda velocidad contra el muro de la neblina submarina. Doy vueltas en medio de un velo de burbujas hasta que pasa la turbulencia y me quedo flotando en una tenue luz verdosa mientras se me va todo el calor del pecho y se me empieza a escurrir la vida. Y entonces me llega desde arriba un enorme resplandor. Hay alguien en la superficie que está nadando hacia mí. Alguien que va a tirar de mí, me arrastrará a la superficie y me insuflará en los pulmones un aire tan caliente como la sangre. Ese alguien se lanza hacia abajo y se detiene de golpe y en ese momento reconozco mi propia cara que intenta escrutar la oscuridad, titubeando a un brazo de distancia de donde estoy, como si no supiera de qué forma tiene que actuar. Mi boca se abre. Se me escapa una hilera de burbujas resplandecientes pero yo no entiendo nada.

Así que me despierto con un gruñido en el sofá del apartamento vacío en el que el sol de la tarde se derrama a través de la puerta corredera. Todavía llevo puesto el uniforme. Huele a sudor y a pollo al curry. Me levanto, cierro con un portazo y aspiro el olor salobre del viento sur. Meo, pongo la tetera a hervir y cojo el diyeridú que está tirado sobre la alfombra de yute. Las plantas de especias del balcón están verdes y lozanas. Engraso con cera la boquilla y me aclaro la garganta. Y entonces empiezo a soplar hasta que todo me quema. Y soplo y soplo contra los edificios de estética brutalista que se interponen entre la playa y yo. Y soplo contra las gaviotas que comen pizza en el aparcamiento de abajo mientras el viento me atraviesa en círculos, ardiente, zumbante, descarado. Ardiente contra el cielo pálido. Ardiente contra el mundo plano y brillante de ahí fuera.

Crecí en una casa de tablas de madera en un pueblo maderero, y como todo el mundo que vivía allí, aprendí a nadar en el río. El mar estaba a unos cuantos kilómetros de distancia, pero cuando llegaban las grandes marejadas de otoño un vapor salobre se esparcía por el valle a la altura de las copas de los árboles, y por la noche me quedaba despierto escuchando cómo las olas chocaban contra la orilla. La tierra bajo nuestros pies parecía tararear una canción. Solía saltar de la cama y tumbarme sobre los tablones de eucalipto para sentir el retumbar en el cráneo. Aquel sonido poseía una monotonía tranquilizadora. Se oía en todas las vigas de la casa, y en mis propios huesos, y durante los temporales de invierno empezaba a resonar como si fueran cañonazos en vez de simple agua. Me hacía pensar en los bombardeos sobre Inglaterra y en las historias que me contaba mi madre de las incursiones, que duraban toda la noche, y de cómo salía con sus padres a la superficie y se encontraba con que habían desaparecido calles enteras. En algunas mañanas de invierno ponía la radio mientras desayunaba medio esperando que dieran la noticia de que una gran parte de nuestro distrito había sido devorada por el mar: vallas, carreteras, bosques y pastos, todo había sido engullido como si fuera un pedazo de tarta.

A mi padre le daba miedo el mar, y a mi madre le era indiferente: estas dos actitudes eran las típicas de la gente que vivía en nuestro pueblo. Cuando yo era niño casi todos nuestros paisanos eran así, y los bosques que nos rodeaban también les inspiraban sentimientos de desconfianza o de cautela. En Sawyer, lo único importante era la fábrica, el pueblo, el río. Los domingos, los tipos que trabajaban en la serrería iban remando hasta los bajíos del estuario a pescar merlán y peces cabeza plana. Mi padre iba con ellos. No recuerdo quién era el dueño de aquellas barcas largas y pesadas que estaban amarradas a estacas en la ribera del río —parecían pertenecer al Ayuntamiento—, porque el primero que se subía a las barcas era el remero y el capitán. Se tardaba una hora o más en hacer la travesía del estuario, sobre todo si uno se detenía a buscar sargos en los recodos y ensenadas. Los pocos días en que la boca de la ría estaba despejada y el mar en calma, algunas barcas se aventuraban a salir a mar abierto en busca de pargos, pero mi viejo jamás salía del refugio que le proporcionaba el estuario. Nadie —ni hombre ni muchacho— sería capaz de convencerlo de que se aventurara mar adentro.

Mi viejo empezó a llevarme con él cuando yo tenía siete años. Me gustaba oír el crujido de los remos en las horquillas y ver las sombras descarnadas de los pelícanos cuando se abalanzaban sobre los bajíos moteados por la luz del sol. Las barcas más grandes podían llevar a tres o cuatro hombres y todo estaba en silencio cuando se hacían a la mar. A esa hora, los demás hombres del pueblo estaban reventados o tenían resaca, pero mi viejo era un tipo comedido. Cuando aquellos tipos hablaban, su voz sonaba a ladrido, como les ocurría a todos los que se habían quedado sordos trabajando en la fábrica. Cuando tosían, su tos sonaba a cigarros y a serrín. Los sombreros de ala ancha que llevaban apestaban a gambas y a sangre de pescado. Todos ellos eran hombres solteros y veteranos del ejército y granjeros hostigados por los bancos que parecían comportarse con un extraño respeto hacia mi padre, a pesar de que se burlaban de él por ser abstemio. Mi viejo era hijo de un tendero de ultramarinos de Kent y jamás me contaba nada sobre su vida pasada. Pero sus compañeros de trabajo no veían nada misterioso en él. Hablando en plata, era un tipo de fiar, y por lo que yo sabía, eso era todo lo que necesitaban de él.

Pescábamos al volantín con plomos que nos fabricábamos con placas de tejado. Y mientras llenábamos los sacos de arpillera y limpiábamos el limo y las escamas de los peces en las bancadas descascarilladas de la barca, las olas chocaban contra el alto y blanco espolón que se había formado en el banco de arena. Sobre la boca del estuario se levantaban columnas de espuma que después se dispersaban entre la brisa. Cuando los peces no picaban y yo me empezaba a aburrir y a ponerme nervioso, mi viejo me llevaba a la orilla y yo saltaba a tierra y me subía a una ladera arenosa a mirar las olas.

Yo era hijo único y solitario por naturaleza. En algún momento de la infancia me di cuenta de que mis padres eran personas mayores a las que solo les interesaban las cosas de viejos. Se entretenían con sus plantitas y sus gallinitas. Se empeñaban en ahumar ellos mismos el pescado. Se remendaban la ropa y bordaban. Por las noches escuchaban la radio, o el transistor, como ellos lo llamaban. Y aunque no tenían la edad de ser abuelos, pertenecían claramente a un orden distinto de los padres de los demás chicos, y yo sentía que esa diferencia me marcaba de algún modo. La verdad es que me sentía obligado a protegerlos, cosa que en realidad me avergonzaba un poco. Igual que ellos, no me interesaba ni por el fútbol ni por el críquet. Rehuía los equipos de todo tipo y cualquier clase de deporte organizado me hacía sentir mal. Lo que más me gustaba era salir a caminar y subirme a los árboles, pero lo único que sabía hacer bien era nadar, cosa que debió de sorprender mucho a mis padres inmigrantes, ya que ninguno de ellos sabía nadar lo suficientemente bien como para salvarse en caso de peligro.

En cuanto llegaban los primeros indicios de que la primavera estaba dando paso al verano, los chicos del pueblo nos reuníamos al salir de clase en el puente de la ribera para saltar desde un trampolín rudimentario. El río tenía un color marrón a causa de los vertidos de tanino y el agua estaba más fría que el demonio, pero allí la corriente era mansa y no había peligro. Fue allí donde Loonie y yo nos hicimos amigos.

Ivan Loon tenía doce años y era un año mayor que yo. Era hijo del dueño del pub, y a pesar de que habíamos ido juntos al colegio casi toda la vida, teníamos muy pocas cosas en común. Bueno, eso fue así hasta que nos dimos cuenta de que cada uno por su lado habíamos aprendido el arte de provocar el pánico en la orilla.

Una tarde de noviembre me fui al río en bici a saltar

desde el trampolín, pero cuando llegué me encontré a cuatro chicas y a la madre de una de ellas corriendo por la ribera y gritando a todo pulmón que había un chico que se estaba ahogando en el agua justo ahí delante. Por supuesto que no sabían *quién* era el chico porque ellas no eran del pueblo, pero sabían que era un *chico* porque estaba allí un minuto antes y se había lanzado al agua y no había vuelto a salir y a ver si había tiburones y por Dios bendito por qué no dejas de hacer preguntas y haces algo ya.

Las franjas de luz solar atravesaban los grandes gomeros. Las libélulas revoloteaban en el aire. Vi una toalla cerca del trampolín y al lado unas chanclas muy viejas, así que estaba claro que podía haber un problema grave. Pero el agua inmóvil tenía pinta de inofensiva y las mujeres que montaban aquella escandalera no parecían saber nada de aquel lugar. Debería haber desconfiado, pero me puse en movimiento solo por hacer caso a las mujeres. Mientras corría hacia la parte delantera del trampolín sentí la madera caliente y familiar bajo mis pies. Miré el agua rizada de la superficie del río y procuré trazarme un plan. Decidí que lo mejor sería entrar vadeando en el agua desde la orilla, luego ir avanzando con los brazos extendidos y después sumergirme confiando en encontrar un cuerpo humano. No había tiempo de buscar ayuda. Era o yo o nada. Sentí que podía afrontar el reto —estaban abusando de mí pero de golpe me sentía importante—, y justo antes de que pudiera embarcarme en la misión, sin que ni siquiera me hubiera dado tiempo a quitarme la camisa, Ivan Loon salió del agua. Estaba muy cerca de la orilla y soltó un grito tan salvaje que la mujer se cayó sobre el barro como si le hubieran disparado un tiro.

Seguí dando saltos en el trampolín mientras la mujer yacía en el lodo. Luego se apoyó en los codos y se incorporó. Loonie se echó a reír, cosa que no le sentó nada bien a la mujer. Nunca en mi vida había visto a una mujer tan furiosa. Embistió contra el agua manoteando sin ningún sentido, mientras Loonie la esquivaba con una finta y no paraba de soltar risitas. Era un chico pecoso pero se puso tan rojo por la excitación y el sobreesfuerzo que le desaparecieron todas las pecas. La pobre mujer no pudo ni acercarse a él. El vestido se le hinchaba con el viento como si fuera un globo. Gritaba como si le hubiera dado una pataleta. Loonie se alejó braceando de allí, se contoneó provocativamente durante un rato y luego se perdió entre las sombras de la orilla más alejada. Cuando me quedé de nuevo a solas con la mujer, me di cuenta de que era mucho más divertido hacer la broma que verla desde la barrera. Empecé a sentirme más culpable que divertido. Vi que dos sandalias Dr. Scholl flotaban corriente arriba bajo la brisa y las estuve mirando hasta que no pude soportarlo más y me zambullí responsablemente a por ellas. Las atrapé y mientras volvía nadando a la orilla, se entrechocaban haciendo un ruido como de leña ardiendo. Me avergoncé al ver a aquella mujer mayor que estaba allí de pie con el vestido que se le pegaba al cuerpo y con las rodillas llenas de hoyuelos y las piernas regordetas todas llenas de barro.

Hay raíces gruesas enterradas por aquí, le dije. Solo tiene que agacharse y agarrarse a ellas. Es fácil.

No dijo nada. Cogió las sandalias y fue subiendo por la ladera hacia el lugar donde estaban las chicas. Y mientras yo estaba flotando boca arriba en el agua, intentando averiguar qué debía sentir por ella, la mujer logró recuperar un cierto grado de autoridad y guio a las demás chicas a través de los árboles hasta que se perdieron de vista. Empecé a sentir simpatía y desprecio a la vez. Se oyeron portazos de coche y el bramido de un motor que se ponía en marcha.

¿Fácil, eh?, dijo una voz acalorada muy cerca de mi oído.

Me aparté a un lado a la vez que soltaba un grito. Loonie se tronchaba de risa.

Brucie Pike, dijo, solo sabes hablar.

No es verdad.

Sí.

No.

Bueno, Pikelet, será mejor que lo demuestres.

Así que le demostré lo que sabía hacer. Estuvimos buceando todo el resto del día, descendiendo hasta las opacas profundidades del río Sawyer para contener la respiración hasta que la cabeza se nos llenaba de estrellitas, y cuando al fin volvíamos a salir a la superficie, agotados y mareados, la arena de la orilla oscilaba de un lado a otro y se deshacía bajo nuestro peso a la luz del poniente. Ese fue el primer día de una larga serie, y a partir de entonces fuimos amigos y rivales. Fue el comienzo de algo. Asustábamos a la gente y cada vez nos forzábamos más y más para llegar al límite, hasta el punto de que a menudo empezábamos a asustarnos de verdad.

❊

A mis padres no les gustaba Loonie. Era un golfillo malhablado que vagaba por el pueblo a la hora que le daba la

gana. Vivía en el pub y mis viejos no eran gente que
fuera a beber al pub. El hecho de que la señora Loon no
fuese la madre biológica de Loonie parecía causarle cierto desagrado a mi madre, aunque procuraba que no se
le notara. A mis padres, que eran gente discreta y amable, Loonie parecía provocarles más incertidumbre que
antipatía. Eran tan tranquilos y rutinarios que muy
pocos habitantes de Sawyer se acordaban de ellos incluso pocos años después de su muerte. En cambio, Loonie
era una criatura totalmente distinta. Aún hoy te puedes
encontrar a alguien en Perth o en Kuta que te cuente una
historia sobre las viejas chifladuras de Loonie, y aunque
esos relatos suelen ser casi siempre apócrifos, todavía
conservan los elementos esenciales de su conducta salvaje. Lo normal es que una persona tan solitaria e indo-
mable como Loonie fuera también un tanto simple e
ilusa, pero él no era ninguna de estas dos cosas. Cuando
tenía doce años sabía mucho más de la vida que mis
propios padres, cosa que extrañamente los intimidaba.
Desde el primer momento los trató con condescenden-
cia. Le hacía gracia que fueran tan inocentes y que llevaran ropa inglesa y se pusieran unos zapatones feísimos
para trabajar en el jardín. Imitaba el lento bamboleo de
mi padre al caminar y se restregaba las manos con el
mismo gesto con que lo hacía mi madre. Antes de que
se me ocurriera invitarlo a venir a casa, él ya se había
presentado por propia iniciativa. Se plantaba frente a la
valla delantera como un perro callejero y se quedaba
haraganeando por el extremo del camino lleno de baches
que subía hasta nuestra casa, como una persona que no
pudiera estarse quieta y que parecía esperar o incluso
exigir en silencio el permiso para cruzar el prado delan-

tero. Cuando llegaba a nuestro patio —o más adelante, a la mesa del comedor—, mis viejos se ponían nerviosos y se volvían reticentes. Y él movía sin parar sus grandes ojos verdes mientras cotorreaba de forma burlona y malintencionada, sonriendo hasta que su labio inferior —siempre cuarteado por el sol— empezaba a sangrar por la presión de sus dientes.

Una o dos semanas después de haber conocido a Loonie, mi viejo hizo un esfuerzo por superar sus recelos y aceptó por fin que se viniera con nosotros en la barca. Aquel primer día, Loonie estuvo tan alegre e hizo tantas bromas y ruiditos complacientes que nos hizo pasar un mal rato, hasta el punto de que incluso a mí me pareció un gesto caritativo que mi viejo volviera a invitarlo a salir en barca con nosotros. Pero tengo la impresión de que mi padre veía lo mucho que Loonie amaba nuestras salidas, y por eso ponía tanto esfuerzo en ayudarnos y en causarnos una buena impresión. A pesar de lo pacatos que eran mis padres, estoy seguro de que se dieron cuenta de lo solitario que era mi nuevo amigo e intuyeron que él los respetaba y los quería a su modo, más allá de su conducta aparentemente desconsiderada. Porque Loonie se ponía en cuclillas junto a mi padre en el jardín cuando estábamos ahumando el pescado, y siempre cogía una bayeta si estaba con mi madre en la cocina. A comienzos de aquel verano, cuando empezamos a hacernos inseparables, Loonie se quedaba en nuestra casa hasta que se hacía de noche. Siempre se quedaba hasta muy tarde, pero sabía irse antes de que alguien le sugiriera que ya era hora de irse a dormir.

Los domingos íbamos a pescar a la ensenada con los trabajadores de la fábrica, y a finales de diciembre, cuando empezaban las vacaciones, pasábamos los fines de semana en el río y poníamos nerviosos a los excursionistas. Cogíamos trastos viejos del vertedero para ampliar el tamaño de la horquilla y del manillar de las bicis. Inclinábamos al máximo el sillín y el soporte abatible hasta que teníamos que pedalear como si fuéramos cuesta arriba en cualquier clase de pendiente. Cuando llegábamos a la autovía, Loonie se ponía a desafiar a los camioneros que transportaban madera, a ver quién corría más, mientras yo me escondía entre los helechos que había en el lindero del bosque. Quería que desistiera y al mismo tiempo que siguiera desafiando a los camiones. Cogíamos las vías de servicio que serpenteaban a lo largo de las nuevas urbanizaciones y de las marismas que rodeaban el pueblo, así que cuando un camionero cabreado se detenía y empezaba a dar marcha atrás traqueteando, ya hacía mucho tiempo que nosotros habíamos desaparecido. Fue un tipo de infancia que ahora parece tan lejana que comprendo perfectamente que la gente se pregunte si fue real. Si empezaras a hablar de aquellos tiempos, te acusarían de ser un friqui nostálgico y te llamarían mentiroso antes siquiera de abrir la boca, así que procuro no hablar mucho de aquello. En este sentido, supongo que soy un fiel hijo de mi padre: un mal comunicador, un libro cerrado. Si me pongo a charlar en los bares aburro a las ovejas, y he destruido un matrimonio por empeñarme en no abrir la boca. Así que no quiero unirme al club de los corazones desgraciados ni que me adopten como otra víctima más del síndrome particular que esa semana se haya puesto de moda. Solo hablaré si nadie me está escuchando. Es como tocar el diyeridú de los aborígenes: tienes que soplar el aire una y otra vez mientras intentas explicarte a ti mismo quién eres porque aún conservas la suficiente cordura para hacerlo. No soy un nostálgico. Puedo pasarme semanas enteras sin acordarme de mi infancia y Loonie y el pueblo de Sawyer, pero en el trabajo que tengo uno ve cosas como la asfixia de esta noche y entonces te entra un mal cuerpo que no estás dispuesto a explicarle a una chica que lleva un uniforme nuevecito y que ya ha decidido etiquetarte como un impresentable.

Cuando era niño en Sawyer, soñaba con nadar en mar abierto, pero mi viejo no me lo permitía. Si se lo pedía cuando salíamos a pescar, se negaba argumentando que tendría que vigilarme y eso significaba que tendría que dejar la barca y el volantín y a sus compañeros de trabajo en su único día libre. Así que era pedirle demasiado. Yo sabía que él habría sacrificado gustosamente una hora de su tiempo libre para darme esa satisfacción si hubiera sabido nadar lo suficientemente bien como para salvarme en caso de peligro, pero era incapaz de reconocer su impotencia. Cuando le pregunté si podíamos acercarnos con Loonie hasta la boca del estuario, negó con la cabeza. Demasiado peligroso, demasiado lejos. Ni hablar. Pero yo quería nadar en un sitio desde donde se pudiera ver el fondo, y quería llegar hasta esas largas y espumosas crestas que avanzaban desde el sur, y allí zambullirme y ver cómo pasaban las olas por encima de mi cabeza. Soñaba con el mar como nunca antes había soñado con nada. Yo había sido un niño obediente y respetuoso, y hasta entonces siempre me había sentido bastante a gusto con mi vida. Pero no toleraba que me prohibieran ir a nadar al océano. Lo más probable es que hubiera acabado desafiando al viejo incluso sin la influencia de Loonie —al fin y al cabo, ya era casi un adolescente—, pero aquel verano la indiferencia de mi nuevo amigo hacia la autoridad me infundió el valor que no tenía, y después de pedir y suplicar a mi padre, al final me largué un sábado con Loonie y fuimos en bicicleta hasta la costa sin su permiso. Todo empezó con una mentira. Le dije a mi padre que nos íbamos al río, pero cuando atravesamos el pueblo y pasamos por la gasolinera dimos la vuelta y volvimos por detrás del pub.

¿Ya sabes por qué no quiere?, dijo Loonie mientras pedaleábamos por el desvío. Ya sabes por qué le da tanto miedo a tu padre, ¿no?

Sí, dije después de una pausa demasiado larga. No quería revelarle que mi viejo no sabía nadar. En aquel momento todavía no había aprendido a traicionarle.

Estás mintiendo, Pikelet.

Me levanté sobre los pedales para acelerar, porque no quería que me vieran desde el aserradero.

Snowy Muir, dijo Loonie.

¿Y ese quién es?

Un tipo del aserradero. Estaba pescando en la Punta cuando abrieron la barrera. Había montones de pargos. Pero lo pilló una ola gigante. Se estrelló contra la roca y lo arrastró al mar. Lo encontraron tres días más tarde en los Agujeros.

El asfalto pedregoso hacía que me castañetearan los dientes. Los pájaros mieleros nos chillaban desde los matorrales.

Y tu viejo estaba allí, Pikelet. Vio cómo se lo llevaba el mar.

¿Cuándo fue eso?, pregunté, intentando sonar escéptico.

1965.

¿Y cómo…, cómo sabes *tú* eso?

Vivo en el pub, capullo. Lo único que corre más deprisa que la cerveza es lo que cuenta la gente.

Me molestó no haber llegado a conocer este detalle tan importante sobre la vida de mi padre. Seguí pedaleando en silencio.

Sin darle a los pedales, bajamos cuesta abajo durante algo así como un kilómetro y pico hasta que llegamos a un llano en el que el estuario, a nuestra izquierda, serpenteaba a través de bancos de arena, y al otro lado, las praderas cenagosas se elevaban hasta convertirse en empinadas colinas repletas de árboles. El sol nos daba sobre los hombros y por encima de los crujidos de la bicicleta ya se podía oír el océano.

En el último tramo cuesta arriba, una camioneta de plataforma salió de las salinas y se metió tranquilamente en el asfalto. Sin decir nada, Loonie salió disparado y se puso a perseguirla. En la plataforma trasera había gente que se reía y que empezó a aplaudir cuando Loonie alcanzó la camioneta y se agarró al riel del lateral. El cacharro tenía que cambiar continuamente de marchas mientras ascendía por la pendiente. Loonie y su bici se alejaron de mí y pude ver el resplandor rosado de su cara cuando, en un momento dado, miró triunfalmente hacia atrás. Dudo que el conductor se diera cuenta de que Loonie iba valerosamente agarrado a la parte trasera, pero los dos fueron acelerando cuesta arriba y me dejaron atrás, hasta que no pude oír nada más que los chirridos de la camioneta y el débil sonido de las carcajadas. Al final, Loonie no pudo mantener la velocidad circulando con una sola mano y se soltó. La bicicleta dio un giro brusco hacia el arcén de gravilla y Loonie desapareció entre los juncos con una súbita ondulación que parecía creada por una ráfaga de viento. Lo último que vi fue una bicicleta sin dueño que salía disparada desde la vegetación y daba vueltas de campana hasta caer en las aguas poco profundas.

Cuando por fin pude llegar a la cima de la colina, Loonie y su bicicleta aplastada estaban en la plataforma de la camioneta, que se había detenido, y el conductor parecía estar esperándome. Al llegar vi que Loonie tenía las rodillas raspadas y la camiseta hecha un asco, pero parecía locamente feliz. En ese momento le estaba haciendo carantoñas a una chica de unos dieciséis años que llevaba los vaqueros pintados de flores. A su lado había tablas de surf apiladas y un perro de solo tres patas. Desde la cabina, tres tipos con el pelo revuelto me pidieron que me subiera, así que continuamos hacia la Punta hasta que se terminó el asfalto y nos metimos en una pista de tierra por la que fuimos dando trompicones, entre acacias y plantas de menta, hasta llegar a la playa de arena blanca y el temible fragor de las olas.

Los tipos se bajaron de la cabina, cogieron las tablas y se largaron antes de que pudiéramos bajarnos ni darles las gracias, así que solo pudimos dárselas a la chica. Esta se limitó a encogerse de hombros y a meter los dedos de los pies en la arena. El perro correteaba en círculos, intentando atraer su atención para que se fijara en él y no en Loonie.

Desde el promontorio de granito, donde las rocas exhibían letreros advirtiendo del peligro de la corriente, la

playa se extendía varios kilómetros hacia el este. Los
surfistas entraron aprovechando la resaca que se formaba junto a las rocas y desde allí se dirigieron hacia la
rompiente. Las olas, uniformes y de color turquesa, se
enrollaban contra el promontorio en una línea detrás de
otra, y luego emprendían una última acometida contra
la barra de la desembocadura del río. El aire vibraba con
el ruido y la sal. Yo estaba maravillado.

Loonie cojeaba a causa del accidente, pero eso no le
impidió subirse a las rocas con la chica y conmigo y el
perro de tres patas para ver cómo aquellos tres tipos se
deslizaban con las tablas. Chillaban y braceaban y
hacían carreras por la bahía como si fueran insectos que
revoloteaban en la lejanía. La chica dijo que era de
Angelus y nos dio manzanas que llevaba en una bolsa
de ganchillo. Nos habló de Iron Butterfly y de otras
muchas cosas de las que yo tampoco sabía nada, y no sé
cómo logré fingir que le seguía la conversación porque
mi mente estaba en otra parte. No podía apartar la vista de las cortinas de *spray* de espuma y de las esquirlas
de luz que giraban en el aire. ¿Era eso lo que aterrorizaba a mi viejo? Intenté pensar en el pobre Snowy Muir,
pero la muerte era muy difícil de evocar si estabas mirando a unos tipos que bailaban y se reían sobre las tablas
de surf mientras el sol les incendiaba el cabello.

Cuando era niño no habría podido definir lo que sentí aquel día, pero mucho más tarde entendí lo que cap-
turó mi imaginación. Qué extraño fue ver a unos hombres que hacían cosas bellas. Porque aquello era algo
elegante y sin sentido, ya que nadie lo veía ni le daba
importancia. Sawyer era un pueblo de trabajadores de
aserradero y leñadores y criadores de vacas lecheras,

con una única carnicería y una sucursal del banco rural al lado de la gasolinera, donde los hombres solo hacían cosas serias y prácticas, casi siempre con las manos. A lo mejor se le podía ocurrir al panadero fabricar algo bonito a la vez que apetitoso, pero nuestro panadero era una mujer, y además, tan agria y torpe como cualquier padre de familia, y se dedicaba a amasar hogazas que parecían ladrillos. Si buscábamos algo de estilo, lo único que teníamos eran dos jugadores del equipo local de rugby australiano que saltaban muy bien y que tenían una gran patada de despeje. Y reconozco que mi padre era capaz de remar en la barca de la forma más hermosa que he visto nunca, de un modo que disimulaba por completo todo el esfuerzo físico. Pero aparte de estos casos y de los tiparracos con dientes de plástico y cuellos de tortuga que se emborrachaban el día de la fiesta nacional y se ponían a cantar en la veranda del Riverside hasta que perdían el conocimiento, en las vidas de nuestros hombres no había nada que pudiera considerarse bello. La única excepción era el extraño Yuri Orlov, que tallaba unos hermosos juguetes antiguos con los materiales que recogía en el suelo del bosque. Pero no le gustaba enseñar sus obras porque era un tipo tímido o desconfiado y además la gente decía que estaba medio loco. En cuanto a los hombres, los juguetes de Orlov eran la única belleza inútil que había en el pueblo.

Desde que aquella mañana nos entró el gusanillo en la Punta, Loonie y yo estuvimos surfeando juntos muchos años, pero nunca hablábamos de la importancia de la belleza. Éramos amigos pero había temas de conversación que nunca tocábamos. No teníamos dudas sobre las emociones elementales que nos ofrecía el surf, ni sobre el enorme subidón emocional que sentíamos al deslizarnos sobre una ola mientras el viento nos daba en las orejas. Sin saber nada de las endorfinas, descubrimos enseguida que aquella sensación resultaba narcótica y muy pronto se volvía adictiva: en mi caso, desde el primer día sentía un colocón ya solo al ver las olas. Así que hablábamos de la técnica y del valor y de la buena suerte —los dos asumíamos todas estas cosas, y hasta llegó un momento en que empezamos a surfear para coquetear con la muerte—, pero yo todavía experimentaba el sentimiento prohibido de hacer algo bello, como si danzar sobre el agua fuera lo mejor y lo más valiente que pudiera hacer un hombre.

Nos sentamos en el promontorio con la chica y el perro hasta que viró el viento y los surfistas volvieron a la orilla. Regresamos al pueblo en la trasera de la vieja camioneta Bedford, quemados por el sol y en éxtasis total.

Mi viejo se puso furioso —había visto la camioneta y vio a Loonie descargando la bici destrozada para llevársela a casa, así que se figuró todo lo que había sucedido—, pero nada me intimidaba, ni las amenazas ni los gestos de desaprobación ni mucho menos sus afectuosas exhortaciones a comportarme con sentido común. Yo ya estaba enganchado.

Aquel verano, Loonie y yo volvimos una y otra vez a la Punta. Hacíamos autoestop o íbamos en bici o caminábamos, y luego les pedíamos las tablas a los de Angelus a la hora de comer o al terminar el día, cuando ellos volvían remando a la orilla. Y una semana tras otra, cada vez que lográbamos mantenernos en pie sobre las olas orilleras, nos poníamos a chillar y a reír como maníacos. Incluso ahora, casi cuarenta años más tarde, cada vez que veo a una chica ponerse en pie sobre la tabla con los brazos extendidos, mostrando los dientes de leche y la piel lustrosa, acepto entusiasmado la invitación. Sé lo que siente y un chispazo de la antigua ilusión regresa a mí como si fuera un instante de gracia divina.

❋

Las primeras tablas que tuvimos eran Coolites: cortas, macizas y de espuma de poliestireno, rechinaban cuando las tocabas y salían volando a donde el viento quisiera llevarlas. Como no tenían quilla era imposible gobernarlas, como si fueran un barco de vela sin orza ni timón, pero para nosotros eran lo mejor del mundo. Loonie le dio la tabarra a su madrastra hasta que consiguió que le comprase una, y yo le compré la mía, de segunda mano, al chico de una granja que acababa de volver de vacaciones en Queensland, donde lo había pasado fatal. Aquellas tablas hacían muy difícil el viaje hasta la playa. Eran demasiado anchas para llevarlas bajo el brazo, y pesaban tan poco que daban bandazos y se daban la vuelta como si estuvieran vivas y a punto de echarse a volar. Si te pillaba una racha de viento lateral, era muy fácil que tú y la bicicleta acabaseis empotrados en los matorrales del arcén. Nuestras primeras pruebas con aquellas tablas no merecen el nombre de surf: no éramos más que restos flotantes de origen humano. Pero un día nos fabricamos unas quillas de contrachapado y las pegamos a las tablas con cera de parafina y entonces todo cambió: ahora ya teníamos el control y podíamos dirigir el rumbo. Por fin pudimos empezar a surfear de verdad.

Aquel verano, Loonie y yo surfeamos hasta achicharrarnos por el sol, hasta que los brazos no podían más y hasta que la tabla nos despellejaba la tripa. Por las noches mi madre me ponía un antiséptico en las heridas del pecho y me pasaba una esponja con vinagre por la espalda quemada por el sol. Estaba claro lo que hacíamos, pero ella nunca me dijo nada. Cada vez que el viejo veía mi Coolite apoyada sobre la punta contra el cobertizo, la cogía y la arrojaba a los arbustos sin decir una palabra. Yo todavía le ayudaba a desplumar gallinas y a esparcir el estiércol por el huerto, pero ahora ya casi no íbamos juntos a pescar y yo sabía que se sentía abandonado. Me había apartado de él, los dos lo sabíamos, y por mucho que el viejo intentara disimularlo, era imposible ocultar lo mucho que le dolía. Nunca mencionaba a los chicos mayores que algunas tardes me dejaban al final de nuestro camino de entrada. Yo esperaba que me preguntase quiénes eran, pero parecía haberse resignado a mi nueva vida. Siempre había tenido aspecto de viejo, pero ahora además parecía temeroso y desengañado. Yo solo iba a surfear, pero por la expresión de su rostro parecía que ya me hubiera ido de casa.

Al año siguiente, Loonie se matriculó en el Instituto de Formación Agraria. Era el único instituto de enseñanza secundaria disponible en nuestro distrito, y si querías hacer los dos cursos finales, tenías que irte a un internado en Angelus o coger cada día el primer autobús que salía al amanecer. Aquel año, Loonie y yo empezamos a vivir en mundos distintos. Por lo que contaba, el Instituto de Formación Agraria era un sitio raro y muy duro. En aquellos tiempos era exclusivamente para chicos y allí aprendías cosas sobre la lana, los cultivos y la inseminación. Casi cada viernes había peleas en el almacén de la maquinaria, y algunas tardes, cuando Loonie se dejaba caer por mi casa, tenía el cuerpo lleno de arañazos y moretones. Estaba claro que nada ni nadie lo acobardaban; era su forma de ser. Contaba cosas de chicos que ya se afeitaban, que tenían los brazos tan grandes como patas de jamón, de chicos mayores que le decían que su madre era una puta, y por eso se peleaba con ellos. Yo todavía no tenía muy claro qué era una puta y tampoco sabía muy bien si las alusiones se referían a su madrastra o a su madre biológica, así que no le pedía más explicaciones. En julio, cuando la señora Loon hizo las maletas y desapareció en mitad de la noche, Loonie no dio señales de sentirse afectado. Yo apenas sabía nada de ella. Lo único que recuerdo es a una mujer rechoncha con el pelo castaño oscuro y rizado, y un diente de oro. Loonie nunca volvió a hablar de ella.

Algunos fines de semana de invierno íbamos en bici al estuario con nuestras Coolites, pero casi siempre las olas eran tan grandes que nunca podíamos pasar la rompiente. En la Punta, la corriente siempre parecía muy traicionera. Humillados por nuestro fracaso, Loonie y yo nos secábamos y nos subíamos a las rocas para ver a los surfistas de Angelus que se enfrentaban a las grandes y contundentes olas que cambiaban de dirección en el promontorio y luego rompían en la bahía. Aquellos tipos se situaban muy lejos de los lugares donde surfeaba la gente normal, tan adentro que costaba mucho divisar sus siluetas. Se tiraban mucho tiempo sin hacer nada más que mecerse en las olas, remando cada pocos minutos hacia mar adentro para esquivar las peligrosas series que amenazaban con sepultarlos. Con el mal tiempo, las olas llegaban tan arriba de la Punta que teníamos que retroceder hasta los matorrales para no acabar empapados. Luego nos poníamos en cuclillas en nuestra atalaya, nos tapábamos con los abrigos y deseábamos que uno de los surfistas cogiera una ola, hasta que por fin alguien giraba y empezaba a bracear. Algunas olas eran tan altas como nuestro observatorio en el promontorio. Si alguien reunía el valor suficiente para intentarlo nos volvíamos como locos: empezábamos a chillar y a silbar mientras se asomaba a la cresta, y gruñíamos y nos tirábamos del pelo cuando alguien perdía el equilibrio. En estos casos se veía una montaña de espuma, una maraña de miembros humanos y una tabla que volaba hacia el cielo y que luego se quedaba flotando como una moneda sobre el escenario de la carnicería. Y mientras tanto, nosotros escrutábamos el agua en busca de una cabeza o una mano levantada. Excitados y horrorizados, nos podíamos tirar horas y horas allí. Era nuestro circo romano.

Había un surfista que solo aparecía en los días de olas más grandes. Era un tipo ya mayor que tenía una tabla tan larga y gruesa que tenía que llevarla sobre la cabeza mientras atravesaba las matas de menta. Luego iba trotando por la playa, se lanzaba hacia las olas orilleras y se iba directamente a pillar la corriente de resaca. Cuando remaba se ponía de rodillas sobre la tabla, y siempre parecía muy relajado por difíciles que fueran las circunstancias. Podía pasar media hora sin que lo vieras, hasta que de pronto llegaba una serie de olas que rompían mucho más adentro, como si una tormenta hubiera entrado rodando en la bahía, y de golpe veías la blanca estela que iba dejando sobre los peñascos grises una ola tan grande y fea que te entraba la tiritona. Pero allí estaba aquella figura diminuta, que se mantenía sorprendentemente en pie con aire despreocupado, y que iba elevándose y desapareciendo de nuestra vista hasta que ya no se podía distinguir nada más que una silueta. Aquel tipo tenía una técnica extraordinaria. Había algo singular en la despreocupación con que se conducía y en la forma majestuosa en que hacía *cross-steps* sobre aquella tabla tan larga y tan vieja, y en cómo sabía disminuir la velocidad para zigzaguear y luego daba un acelerón para conectar las secciones entre los bancos de arena mientras la gran bestia retumbaba a sus espaldas. Y cuando la ola enfilaba el profundo canal que había en medio de la bahía, se ponía en la punta de la tabla, arqueaba la espalda y echaba la cabeza atrás como si acabase de cantar un himno que nadie podía haber escuchado.

Nadie sabía quién era aquel tipo. Imaginábamos que tenía que ser del pueblo, pero cuando Loonie se animó a preguntarles a los surfistas de Angelus, estos se limitaron a sonreír mientras le pasaban la mano por el pelo enmarañado, cosa que lo enfureció tanto que tuve que agarrarlo para que no empezara una pelea en la que yo no quería participar.

✳

Cuando había tormenta y mal tiempo y no podíamos ir a la costa, Loonie y yo nos quedábamos en el pueblo y nos entreteníamos en el río: remábamos sobre trastos viejos de una orilla a otra, saltábamos desde los árboles o nos columpiábamos con cuerdas. Por entonces ya teníamos los pulmones tan grandes como vejigas de camello, así que nos insultábamos y nos retábamos sin piedad a superar el límite de los dos minutos que podíamos pasar sumergidos debajo del trampolín. En el mar, en verano, cuando todo estaba en calma y no había nada que hacer salvo zambullirse y tumbarse sobre el fondo limpio y ondulado a contener la respiración mientras contábamos un elefante, dos elefantes, tres elefantes, casi conseguimos nuestro objetivo. Pero si lo intentábamos en el fondo del río y en invierno, la cosa era mucho más difícil. Allí abajo, a oscuras, la cosa se ponía muy fea y teníamos que agarrarnos a las raíces de saurio de los eucaliptos rojos, y hacía tanto frío que al cabo de un minuto salíamos a la superficie mareados y con los labios azules. Y cuando volvíamos a la orilla estábamos tan entumecidos y atontados que ni siquiera notábamos el calor de la hoguera que habíamos dejado encendida para calentarnos.

Un lluvioso domingo de julio por la tarde, el padre de Loonie nos encontró tiritando en un momento así.

Pero qué hacéis, cretinos, masculló. Está lloviendo y el agua está más fría que las tetas de una bruja pero vosotros os estáis bañando.

Nos *gusta* bañarnos, dijo Loonie sin levantar la vista.

Karl Loon llevaba puesta su cazadora de aviador, toda de cuero y piel de cordero. Loonie decía que había sido piloto de las Fuerzas Aéreas, pero por lo que se podía oír del acento del viejo, no parecía el uniforme de los pilotos ingleses. El señor Loon era un tipo alto y corpulento con la cabeza cuadrada. Podría haber sido polaco en el pasado, o tal vez croata: en cualquier caso, había que prestar mucha atención para darse cuenta. La lana del cuello de la cazadora estaba tan amarilla como una mancha de nicotina. Llevaba el pelo engominado y con la raya a un lado, y aunque era la primera vez que lo veía al aire libre, siempre parecía muy bronceado.

Y encima estáis quemando leña verde, dijo. Ya se ve por qué no os podéis calentar.

Estamos bien, dijo Loonie de mal humor.

Venid a cortar la leña del pub y os podréis quedar con una parte para traerla aquí. ¿Qué os parece? Tengo cinco toneladas y nadie que sepa cortarla.

Loonie se agarró los hombros con las dos manos y meneó la cabeza.

¿Tenéis algo mejor que hacer?

Solo lo haremos si nos pagas, dijo Loonie.

¿Cuánto?

Diez dólares la tonelada.

El viejo se echó a reír.

¡Diez cada uno!, dijo Loonie.

Iros a tomar por culo, dijo el dueño del pub mientras se iba de allí.

Pero luego resultó que cortamos la leña y que nos ganamos cinco dólares cada uno por tonelada. Estuvimos cortando la leña bajo la lluvia durante varios días seguidos en el solar que hay detrás del Riverside, en medio de hierbajos y ropa tendida, de sofás destrozados y jardineras de piedra. Un viejo jorobado con una colilla en la boca nos observaba sentado junto a las hileras resplandecientes de botellas vacías mientras nosotros partíamos los restos de leña del aserradero, que estaban llenos de savia, y nos arrancábamos las astillas y luego amontonábamos la leña en el cobertizo que había junto a la lavandería del pub. Antes de que hubiéramos podido terminar con nuestras cinco toneladas ya teníamos ofertas similares en todo el pueblo. Puede ser que los bebedores se apiadasen de nosotros, o quizá nos veían como un medio para evitar que sus mujeres les dieran la lata, pero fuera cual fuese la razón, el caso es que ya habíamos empezado a hacer negocios.

✳

A Loonie le gustaba todo lo que fuera arriesgado. En algunas de las casetas donde trabajábamos había piedras de moler, y él las usaba para afilar las hachas y la navaja que siempre llevaba encima. Cuando hacíamos una pausa y la señora de la casa nos llevaba té con bizcochos Lamington, él se empeñaba en jugar a ver quién era más valiente. Casi siempre usaba la navaja. Extendíamos la mano sobre el rugoso bloque de cortar madera y clavábamos la hoja cada vez más deprisa entre los dedos —al principio mirando, pero después con los ojos cerrados—, hasta que uno de los dos se asustaba o empezaba a sangrar. En algunos cobertizos había un tablero de dardos, así que nos poníamos a jugar a Guillermo Tell. Loonie decía que podíamos usar un bizcocho en vez de la manzana. También se inventaba juegos con el hacha y los pies; en realidad, se inventaba juegos con el hacha y cualquier cosa. Todo le interesaba, siempre que fuera peligroso.

Cada vez que hacíamos algo peligroso —y con Loonie esas experiencias eran muy frecuentes— él era el primero en ofrecerse voluntario. Al principio pensaba que se trataba de una cuestión de honor, como si se hubiera propuesto asumir la responsabilidad de una idea estúpida que se le había metido en la cabeza —algo relacionado con la caballerosidad, por ejemplo, o una prueba de amistad—; pero luego me di cuenta de que Loonie se presentaba voluntario porque necesitaba hacerlo: sentía una especie de atracción irresistible por el peligro. Amaba todo lo que representase un riesgo. De hecho, te retaba a que *tú* lo retaras a *él*. Y no te daba opción: te lo exigía hasta que no te quedaba más remedio que aceptar. En estas cuestiones mostraba una conducta compulsiva. Estar con él era como pasarse la vida al lado de una corriente eléctrica mortal. El vello se te erizaba y estabas muerto de miedo, pero también te sentías hipnotizado, y al final siempre acababas enchufándote a la corriente.

Aquel invierno cortamos tanta leña que pudimos comprarnos unas buenas tablas de surf. Es cierto que tenían parches y eran bastante viejas, ya que eran las tablas desechadas por los surfistas de Angelus o la del novio de la hermana de algún desconocido, pero eran tablas de fibra de vidrio, y simbolizaban nuestra llegada al mundo del surf. Así que limpiamos la sucia cera que cubría la superficie y les pusimos una capa de cera nueva. Luego las llevamos al cobertizo de mi viejo para admirar su contorno en forma de hoja y la punta de la quilla que parecía la de un tiburón. A mi viejo no le hacía gracia que yo cortara leña en el pub, pero esta vez no tiró las tablas a los arbustos como había hecho con las Coolites. Ahora había visto los callos y las heridas que yo tenía en las manos. Sabía que me había comprado la tabla de surf currando de lo lindo, y una vez más pude percibir el resplandor lejano del respeto que sentía hacia mí.

✷

Una mañana totalmente apacible, a finales de septiembre, en un momento de calma entre dos frentes fríos, Loonie y yo fuimos en bici con las tablas a la Punta, donde había olas pequeñas y cristalinas y el agua helada era transparente como el cielo. Nos metimos suavemente bordeando la resaca y fuimos remando hasta las olas que nos llegaban a la cintura y que nos lanzaban —chillando y aullando de júbilo— hasta la playa. No había nadie más que nosotros. Los bancos de arena se ondulaban a nuestros pies, los arenques se desviaban súbitamente y se fundían en un solo cardumen cuando llegaban al canal, y en la bahía que se extendía ante nosotros el chorro de los delfines que saltaban fuera del agua se elevaba en el aire.

Jamás olvidaré la primera ola que pillé aquella mañana. El olor a parafina, a salitre y a protector solar. La ondulación, que cobraba fuerza desde abajo como si fuera un cuerpo inhalando aire. La ola que me iba inclinando y el instante en yo me ponía en pie y empezaba a deslizarme con el viento en el cogote. Cómo me echaba adelante hacia la pared de la ola que se elevaba por encima de mí y la tabla venía conmigo como si formara parte de mi cuerpo y de mi mente. La neblina creada por el *spray* de espuma. Las incontables esquirlas de luz. Recuerdo una figura solitaria que nos observaba desde la playa y un destello en la sonrisa de Loonie cuando pasaba a su lado. Era como estar borracho. Y aunque soy un viejo que ha logrado acumular cierto grado de felicidad a pesar de todos los errores que he cometido, todavía comparo cada nuevo momento de júbilo y cada victoria y cada revelación con aquellos escasos segundos de mi vida.

Surfeamos hasta que ya no podíamos más y cuando nos desplomamos sobre la arena nos dimos cuenta de que el tipo que yo había visto desde el agua seguía en la playa. Estaba sentado en la parte trasera de una Combi descapotable con un perro de color anaranjado que saltó de la furgoneta y fue a darnos la bienvenida.

¡La vida en las olas, eh!, dijo el tipo, que tenía las rodillas magulladas por la tabla apoyadas contra la barba.

Yo no podía hablar porque me castañeteaban los dientes, pero asentí con la cabeza. Entonces me di cuenta de que era el hombre que había surfeado con las olas enormes, el tipo de la tabla viejísima.

¿A que no renunciaríais a eso por nada del mundo?

Los dos negamos con la cabeza y nos echamos a reír y continuamos tiritando mientras el perro anaranjado bailaba en círculos a nuestro alrededor. El tipo sonrió como si fuésemos la cosa más divertida que había visto en todo el año. Llamó al perro con un silbido y nosotros nos fuimos a recoger la ropa, que llevaba todo el día calentándose al sol.

La camioneta emitió un zumbido y luego un chisporroteo antes de volver a la vida. El tipo la hizo maniobrar sobre la arena y nos observó un instante antes de ofrecernos subir a bordo. Esperó, riéndose, mientras luchábamos con los botones y las hebillas.

Fuimos dando tumbos por la pista de tierra, con el perro lamiéndonos las orejas llenas de sal. Cuando llegamos a la cima de la colina donde habíamos dejado las bicis, ocultas entre los matorrales, el tipo paró la furgoneta y nos bajamos. A medida que recuperábamos la circulación sanguínea, notábamos calambres en todo el cuerpo.

Vaya par de diablos, dijo desde la ventanilla de la cabina.

¿Qué es eso de diablos?, dijo Loonie.

La gente que surfea sin neopreno. Hay que ser tonto o estar tieso.

Las dos cosas, dije.

¿Qué edad tenéis?

Trece, dijo Loonie.

Casi trece, dije yo, exagerando un poco.

El tipo tenía una mata de pelo rizado blanqueado por el sol y una barba a juego. Era alto y musculoso, con los ojos grises. Era difícil saber la edad, pero debía de tener treinta o más, cosa que lo convertía en un hombre muy mayor. El perro que estaba a su lado jadeaba y gemía, pero en cuanto le dirigió la mirada, el chucho se paró en seco.

Si os cansáis de cargar con las tablas desde el pueblo, podéis dejarlas en nuestra casa.

Ni Loonie ni yo contestamos. No sabíamos qué debíamos contestar.

A veces no estoy, dijo el tipo, pero podéis dejarlas en la parte de abajo. A mi mujer no le importará.

Qué bien, dije. Gracias.

Faltaría más. Es el primer camino que hay allí. Justo arriba.

Vale.

Cuando la camioneta partió, nos miramos encogiendo los hombros, sin saber qué decir. No me hacía gracia dejar mi preciada tabla en una casa que no fuera la mía, pero al mismo tiempo me conmovía la cortesía de aquel tipo. En cuanto cogimos las bicis, empezamos a zigzaguear sobre el asfalto. Conducíamos con una sola mano porque teníamos que llevar las tablas bajo el brazo. Las tablas no paraban de dar bandazos y teníamos el brazo hecho polvo. Cuando llegamos al desvío, al que nunca antes habíamos prestado atención, subimos por la cuesta. Había una señal con una vieja nevera pintada de verde y el empinado camino de tierra estaba repleto de baches. Al llegar a la cima de la ladera, lo único que se veía era una hilera de eucaliptos. No había ninguna casa. Una valla rodeaba el terreno, pero aquello no era una granja.

Hippies, dijo Loonie.

Bajamos sin pedalear hasta las marismas y luego tuvimos que respirar hondo antes de emprender la dura subida que nos llevaría al pueblo.

Nunca sospeché que me iban a mandar al instituto de Angelus, que estaba a cincuenta kilómetros, y ni siquiera ahora tengo muy claras las razones que impulsaron a mis padres a matricularme allí. En su momento me dijeron que querían darme estabilidad y que allí podría cursar el segundo ciclo sin cambiar de instituto, pero yo tenía el presentimiento de que todo era una maniobra para alejarme de Loonie. Mis padres esperaron hasta el final de las vacaciones de Año Nuevo para darme la noticia, y me quedé tan estupefacto que ni siquiera tuve ánimos para protestar. Lo único que me alegró fue que no me obligaran a quedarme a dormir en una residencia, aunque estoy seguro de que mis padres no habrían soportado separarse tanto tiempo de mí. Aun así, ese mismo afecto me condenó a pasar largos años viajando en autobús, así que aquellos viajes son el recuerdo más persistente de mis años de instituto: el olor del diésel y el escay y la pasta de dientes, los tejados de uralita ondulada que bordeaban la autovía, los chicos de las granjas que subían al bus empapados por la lluvia, el pestazo a lana mojada y a pelo grasiento, el zumbido de la ventanilla de emergencia de plexiglás, las disputas silenciosas y los laboriosos cambios de marcha cuando nos encontrábamos con un camión cargado de cerdos, los garabatos sinuosos cuando hacíamos los deberes apoyados sobre las rodillas, y los atardeceres dramáticos de invierno cuando el autobús cruzaba el puente y entrabas de nuevo en Sawyer. El autobús me transportaba a una especie de limbo. Hasta que me hice amigo de Loonie yo había sido un niño solitario, pero ahora que por fin tenía un amigo me había convertido en un alumno externo que se pasaba la vida en el bus. Sabía que nunca iba a encajar en una ciudad grande como Angelus —yo era allí un completo extraño—, pero ahora tampoco podía encajar en mi propio pueblo. Todo el mundo sabía que los verdaderos lugareños iban al Instituto de Formación Agraria, mientras que los que cogíamos el bus a Angelus —chicos nada populares como yo y la hija del banquero— pertenecíamos a una especie distinta. Estábamos tan desconcertados por

nuestra nueva situación que no nos hablamos durante
todo un semestre.

Angelus tenía puerto, tiendas y estación de tren y por
lo tanto era el centro neurálgico de la región. Los grandes almacenes, las naves industriales y los barcos le
daban relevancia, pero yo me negaba a dejarme impresionar. Aun así, empecé a sentir una especie de desprecio
por Sawyer a medida que me daba cuenta de lo pequeño
y estático e insignificante que era mi pueblo. Igual que
mis padres, era un lugar tan soso e inalterable que para
mí se volvió muy incómodo. Durante las vacaciones,
varios años antes de que todas las granjas lecheras arrui-
nadas se convirtieran en bodegas o en hotelitos para
yupis, la gente venía a Sawyer desde la gran ciudad en
sus Triumphs y sus Mercedes a contemplar nuestras casitas de madera y nuestras tiendas con soportales y la
horrorosa arquitectura del aserradero. Los visitantes
hacían una pausa en sus románticos viajes a través de
los bosques de eucaliptos y las árcas de vegetación
autóctona y se paraban a reponer energías en el pub y
en la panadería. Cada vez que oía pronunciar la palabra
«pintoresco», me asaltaba una mezcla de vergüenza y
furia.

Durante el semestre solo podía ver a Loonie los fines
de semana. Cuando hacía bueno íbamos a surfear, pero
cada vez nos costaba más hacer la ruta cargados con las
tablas, así que un día decidimos aprovechar el ofreci-
miento y dejar las tablas en la casa cerca del mar. Así fue
como llegamos a conocer a Sando, y así fue como nuestras vidas cambiaron para siempre.

Aquel primer verano que pasé en el instituto apenas
vimos al tipo alto del pelo rizado. Lo buscábamos

cuando llegaban las grandes marejadas del suroeste y aparecía el grupito de Angelus con sus jeeps y sus furgonetas. Eran currantes y fumetas que se pasaban la vida mirando el mapa del tiempo y que se escaqueaban del trabajo fingiendo estar enfermos cada vez que había olas. Pero al tipo de la Combi con la trasera descapotable solo lo veíamos a veces al fondo de la bahía: una silueta que remaba en una canoa de surfski y que intentaba pescar con línea de mano los primeros salmones.

La primera vez que subimos por la cuesta no había nadie en la casa. Ningún perro salió a ladrarnos desde las sombras y nadie se asomó cuando empezamos a llamar desde la escalera que llevaba a la puerta principal. Nos quedamos en la explanada cubierta de hojas y nos pusimos a mirar la casa. Había un huerto rodeado por una valla y también unas casetas de aspecto raro, y aunque la casa estaba construida con madera local, no se parecía a ninguna otra casa que yo hubiera visto antes. Se levantaba sobre unos pilotes muy altos y estaba flanqueada por amplias verandas repletas de hamacas y colgantes móviles y guirnaldas de conchas que oscilaban bajo la brisa. La madera no estaba pintada y los tablones habían adquirido un avejentado tono gris y caqui. Tiempo después empecé a pensar en aquella casa como si fuera una especie de enorme tienda de campaña elevada en la que cada poste fuera un tronco de bosque primario que ni siquiera tres hombres podrían abarcar con los brazos extendidos.

Dios santo, dijo Loonie.

Vámonos, murmuré, pero Loonie ya había llegado a la mitad de los peldaños de la escalera.

La madre que lo parió, dijo desde allá arriba. Ven corriendo, Pikelet, mira esto.

Vacilé hasta que vi que me llamaba desde la barandilla. Entonces subí lleno de temor. Desde la galería se veía el océano y los acantilados que se extendían en dirección este hacia Angelus. Más cerca, el estuario era como una tripa gigante alimentada por el río que serpenteaba sobre sí mismo hasta desaparecer entre la neblina verde azulada que flotaba sobre los bosques que había detrás del pueblo. Nunca se me había ocurrido pensar en el río como un intestino, pero es que nunca antes había visto el paisaje desde aquel ángulo, que dejaba ver los perfiles tan enmarañados y tan bestiales. La casa se levantaba detrás de una hilera de eucaliptos jóvenes que la ocultaban a la vista de la carretera, que quedaba a unos doscientos metros más abajo. La finca tenía unos pastos pedregosos por la ladera oriental, una pradera empinada y estéril que solo parecía adecuada para alimentar a canguros y conejos. El resto eran matas de menta y acacias que llegaban hasta las lindes del bosque.

Al otro lado de las altas puertas con cristaleras, el interior de la casa parecía limitarse a una sala enorme con alfombras en el suelo, una chimenea de piedra y una mesa tan grande como un bote salvavidas. En la parte superior, situada en el alero más alejado, había un amplio loft que servía de dormitorio. No había por ningún lado ni persianas ni cortinas, tan solo unos cuantos pareos que colgaban como banderas de las vigas. Ni siquiera Loonie tuvo el valor de comprobar si la puerta estaba cerrada, pero parecía que la casa llevaba varias semanas vacía. Volvimos a mirar hacia el depósito de agua, las casetas de troncos y nuestras bicis y tablas apoyadas bajo la luz moteada de un solitario marri. Buscamos un lugar donde guardar las tablas.

Debajo de la casa había una especie de cripta revestida de paneles de madera en la que se guardaban tablas de surf y de waveski y también un kayak. El suelo estaba cubierto de hojas y todo olía a cueva. Más adentro había un banco para hacer pesas y unas mancuernas, una banqueta o dos y un banco de trabajo con herramientas y papeles y casetes de música, todo muy bien ordenado.

Fabuloso, dijo Loonie. Esto es un puto paraíso.

Estuvimos un buen rato con la boca abierta admirando los estantes verticales con tablas de surf. Las había de todo tipo y forma y diseño. Algunas tenían quillas tan afiladas como guadañas y otras las tenían fijas, una en cada canto. Una tabla, que debía de medir doce pies, era de madera maciza. Al lado, apoyado contra la pared, había un diyeridú del mismo material con el tubo tan retorcido que parecía una raíz hueca de árbol.

No toques nada, dije, porque temía que alguien llegara en cualquier momento. Vamos a buscar nuestras tablas y las dejamos en cualquier sitio y nos largamos.

No seas tan miedoso, Pikelet. El tipo dijo que no había problema.

Para dejar las tablas sí, pero no para curiosear.

Loonie se rio de mis buenos modales, pero me ayudó a colocar las tablas bajo el banco de trabajo y pocos minutos después bajábamos a toda pastilla temiendo y a la vez deseando que apareciera la furgoneta rodando cuesta arriba y nos cerrara el paso. Pero no apareció nadie. Volvimos a Sawyer con una expresión de triunfo, como si por el simple hecho de haber guardado nuestras tablas debajo de una casa como aquella hubiéramos dado un gran salto adelante en nuestro avance por el mundo.

❋

Le doy fuerte al viejo diyeridú y pienso en el primero que vi, arrimado contra las tablas debajo de aquella casa hippy. Al verlo no supe qué era. Ahora el viento me atraviesa en círculos, como un recuerdo, una sola respiración sin pausa, ardiente y prolongada. Es curioso, pero uno nunca piensa demasiado en la respiración. Hasta que un día es lo único en lo que piensa. Me acuerdo de la mirada de sorpresa de mis hijas justo después de nacer, cuando se les practicó la aspiración nasal y se vieron obligadas a inhalar aire por primera vez en la vida. Yo mismo he tenido que practicar la operación más de una vez, detenido en la acera de una calle mal iluminada o en la rampa de acceso a una casa. Siempre ves la misma mirada de sorpresa, el mismo grosero estupor de la puesta en marcha de la respiración, como si el bebé se hubiera tragado una lengua de fuego. Pero al cabo de un minuto todo el proceso se ha normalizado y ya se ha vuelto automático. Después, a lo largo de toda la vida, no volverás a pensar en ello. Hasta que tienes el primer ataque de asma o te encuentras con un desconocido que intenta tragar aire con tanta dificultad como si fuera una materia densa y pesada como la miel. O hasta que te conviertes en alguien como yo, y entonces piensas tan a menudo en la respiración que la gente empieza a sospechar de ti.

He estado pensando en el enigma de la respiración

desde que tengo memoria, desde que tuve la edad suficiente para darme cuenta de la peste de mi viejo a grasa
y a sudor y a savia de árbol después de su jornada de
trabajo en el aserradero. Cada noche, después de lavar-
se la cara y las manos, se sentaba a la mesa y miraba a
su alrededor con ojos inyectados en sangre por el serrín,
esperando a que mamá abriera el horno con un palo de
madera de karri y sacara lo que fuera que hubiera preparado o recalentado mientras nosotros le esperábamos.
Casi siempre comíamos en silencio. Después me iba a mi
cuarto a hacer los deberes, y cuando regresaba para ver
un ratito la tele, el viejo seguía allí, dormido en su silla
con la radio puesta a muy bajo volumen. Mamá y yo
lavábamos los platos hasta que ella lo acompañaba a la
cama y yo me quedaba una hora más delante de la tele.

Mucho antes de que me fuera a dormir ya oía roncar a
mi padre, pero era después, en el silencio de la noche,
cuando empezaba lo bueno. No entiendo cómo mi madre
podía soportarlo ni cómo lograba dormir, porque había
noches que me quedaba irremisiblemente despierto mientras él resoplaba en el otro extremo de la casa. Y el ruido
no era lo peor; las pausas eran las que no te dejaban vivir.
Cuando se quedaba en silencio, me quedaba esperando en
la cama, obligado a escuchar mi propia respiración, que
era siempre muy regular e involuntaria. Más de una vez
me he preguntado si las barbaridades que hacíamos Loonie
y yo y Sando y Eva en los años de mi adolescencia no serían
más que una rebelión contra la monotonía de la respiración.
Es muy fácil para un viejo volver la vista atrás y descubrir
lo evidente, es decir, que los jóvenes que malgastan la
juventud y la salud y la seguridad lo hacen porque son
jóvenes que desprecian esas cosas y muchos años después

se horrorizan por los riesgos que han corrido; pero cuando eres joven sientes que la vida te deja impotente al arrastrarte una y otra vez a hacer lo mismo, respirar y respirar y respirar en una infinita capitulación ante la rutina biológica, y que la voluntad humana de dominio se debe tanto a la necesidad de reafirmar ese poder sobre tu propio cuerpo como a ejercerlo sobre los demás.

Loonie y yo lo hacíamos sin recapacitar, por simple impulso, como una travesura estúpida. Conteníamos el aliento y empezábamos a contar. Y lo hacíamos en el río y en el océano, en el cobertizo del viejo y en el lecho del bosque bajo la fragmentada luz otoñal. Hay que tener mucha concentración y mucha fuerza de voluntad para desafiar la lógica de tu propio cuerpo y llegar hasta el extremo en que todo se vuelve rutilante. Ahora, al volver la vista atrás, resulta muy extraño darse cuenta de lo mucho que nos esforzábamos por conseguirlo. Pero lo hacíamos muy bien y para nosotros eso era lo que nos diferenciaba de todos los demás.

Bucear y contener el aliento hasta que no podías más nos parecía una tarea mucho más atractiva que los juegos que practicaban los chicos del Instituto de Formación Agraria. Loonie me contó que había un chico que llegaba a pasarse un minuto o más hiperventilando hasta que se mareaba, y cuando empezaba a ver estrellitas un tipo lo agarraba inesperadamente por detrás con tanta fuerza que le hacía expulsar todo el aire que tenía en el pecho. Por lo general, el chico perdía el conocimiento y se caía al suelo. Otros chicos vomitaban y uno hasta empezó a sufrir convulsiones, aunque Loonie sospechaba que eran fingidas. En unas pocas ocasiones, Loonie y yo pusimos en práctica estas cosas, pero me entró el pánico cuando él se desmayó; luego volvió en sí con un extraño gemido y una expresión estúpida en el rostro. Después me tocaba a mí y entré en una curiosa visión de túnel y todo el entramado de mi conciencia pareció disolverse antes de ceder por completo. Luego vomité un poco y me entró la risa, pero me sentí como un idiota del Instituto de Formación Agraria y no tuve ningunas ganas de repetir el experimento. El atractivo era evidente —era una forma muy barata de experimentar un colocón cuando todavía no sabíamos nada de las drogas—, pero tuvo que pasar mucho tiempo antes de que yo descubriera la fisiología que lo hacía posible.

Me llevó años darme cuenta de que cuando mi viejo hacía una pausa en medio de los ronquidos en aquellas noches en Sawyer y yo esperaba en la cama sintiendo a la vez alivio y curiosidad, estaba haciendo mucho más que dejar de roncar. En realidad, había dejado de respirar. Al final de esos silencios soltaba una especie de grito ahogado que sonaba como un bramido, como si acabara de ver un fantasma —tal vez el fantasma de sí mismo—, y ese sonido era la sacudida que daba su cuerpo al arrastrarlo de nuevo hacia la superficie desde el limbo de la apnea, para así devolverle a la vida. Mamá debió de oír estas pausas en punto muerto durante décadas enteras. ¿Cómo pudo soportarlo, tumbada a su lado en la cama, abandonada a sus pensamientos mientras esperaba que él regresara?

❊

La siguiente vez que fuimos a la casa de madera, la furgoneta estaba aparcada a la sombra del marri y el kelpie australiano de color naranja saltó a recibirnos desde la escalera de la entrada. Estaba esquivando al chucho cuando una mujer salió a la veranda del piso de arriba.

Chicos, ¿os habéis perdido?

Hemos venido a por las tablas, dijo Loonie.

¡Duke!, le gritó al perro. ¡Lárgate ya, por el amor de Dios!

El perro me dio un último lametazo y se alejó. La mujer, que debía de tener unos veintitantos, nos miró con desconfianza. Llevaba el pelo recogido en gruesas trenzas de color blanco y hablaba con acento americano.

Están en la parte de abajo, dije.

¿Ah, sí?

Una roja y una verde, dije. Una Jacko y una Hawke.

Un tipo nos dio permiso, dijo Loonie.

La mujer soltó un suspiro y nos volvió a observar con atención antes de bajar la escalera. Iba descalza. Se agarró al pasamanos como si tuviera miedo de caerse. Llevaba vaqueros y una camiseta que decía: «*Freestylin'*: Mira cómo vuelo».

Tendréis que enseñármelas, dijo en tono de cauteloso escepticismo.

Fuimos con ella a la bodega y le señalamos nuestras modestas tablas colocadas bajo el banco de trabajo. Cuando las sacamos, el tono amarillento, las reparaciones y las abolladuras parecían mucho más evidentes. La verdad es que nuestras tablas no eran más que trastos viejos, pero al menos estaba claro que eran las nuestras.

Él no está aquí, dijo.

¿No?, dijo Loonie con el tono alegre que usaba para camelarse a los adultos cuando le convenía. Es que hemos visto la furgoneta y hemos pensado que estaba aquí.

Pues no, no está.

¿Ha ido a Angelus?, pregunté con la tabla bajo el brazo y con el cuerpo que ya enfilaba hacia la puerta.

No. Se ha ido a las islas.

¿Qué islas?, preguntó Loonie.

Indonesia.

La mujer pronunció la palabra como si tuviera varias sílabas más. In-do-ne-si-a. Ninguno de nosotros sabía siquiera dónde estaba Indonesia exactamente.

Bueno, dije, muchas gracias.

No hay de qué, contestó fríamente.

¿Podemos dejar las tablas aquí cuando volvamos?, preguntó Loonie. No fue idea nuestra, el tipo se ofreció.

La mujer mostró una sonrisa desdibujada y subió cojeando hacia la luz del sol. Tenía los pies tostados y el dobladillo desgastado de los Levi's le colgaba por encima de los talones. No contestó. Simplemente nos dijo adiós con un gesto y volvió a subir la escalera de la casa. Nos largamos lo más deprisa que pudimos.

Aquel día, las olas en la Punta eran más grandes de lo que nos imaginábamos. El oleaje que no paraba de crecer parecía competir con los amenazantes nubarrones que venían del sur y, a medida que iba pasando el tiempo, más peliagudas y más sombrías se tornaban las condiciones en el agua. Nos situamos en el pico con otros surfistas del grupo de Angelus, quienes de vez en cuando nos dejaban pillar una ola no muy grande, pero ya por la

tarde estábamos dedicando mucho más tiempo a remar
sobre la tabla que a surfear, y los demás surfistas se fueron adentrando más y más en el océano en busca de las
series más grandes. A pesar del tamaño de las olas, los
mayores no paraban de bromear y de fanfarronear, pero
Loonie y yo no decíamos nada. Yo sentía como si la piel
se me fuera poniendo cada vez más tirante. Me di cuenta de que ahora reinaba un nuevo estado de ánimo en el
grupo e intentaba descifrar cada mirada de reojo, cada
ceja que se arqueaba y, cada vez que alguien empezaba a
remar mar adentro le seguía porque necesitaba sentirme
seguro, y entonces descubría que había más gente allí;
todos íbamos remontando juntos. Era como si nos hubiéramos convertido en una sola bestia, como un banco de
peces moviéndose al unísono sin una palabra. Cada dos
por tres, una nueva manifestación de nuestra fe colectiva
nos impulsaba a seguir remando hacia dentro. Agachá-
bamos la cabeza y braceábamos con todas nuestras fuerzas, a pesar de que solo la mitad de nosotros había visto
las series que estaban empezando a desviarse hacia la
bahía. Al final, cuando podíamos ver las olas que se elevaban, todo nos indicaba que las columnas rodantes iban
a rozar la Punta en dirección a los contornos nebulosos
de los acantilados, allá a lo lejos, pero en un momento
dado los bajíos del promontorio las atrapaban una por
una y las hacían pivotar como si fueran los goznes de una
puerta y entonces las olas viraban y se precipitaban hacia
la costa, en nuestra dirección.

Allí ya no estábamos en la Punta, sino más adentro
—Outside Sawyer, como lo llamaban los mayores— y
hacía un año que no se habían visto olas tan grandes
como aquellas.

Yo estaba paralizado por el terror. No tenía intención de surfear aquellas olas —eran demasiado grandes para mí—, pero tampoco quería que me aplastasen, así que remaba como un loco para remontar las olas antes de que empezaran a romper. Vi que Loonie estaba muy cerca de mí haciendo más o menos lo mismo, pero con algo más de aplomo, y recuerdo que una vez llegué a la cresta rebosante de espuma de un monstruo en el mismo momento en que un loco con perilla descendía alegremente por la pared. En ese momento giré la cabeza para comprobar si el promontorio, tal como yo creía, estaba detrás de nosotros. Y así era: habíamos dejado atrás la Punta y ya no estábamos en la bahía. Solo eran unos quinientos metros, pero uno se sentía en mitad del océano.

Los surfistas más experimentados estaban pillando olas muy cerca de nosotros. Pasaban aullando y chillando y desaparecían de nuestra vista, hasta que llegó un extraño momento de calma y me di cuenta de que allí afuera solo quedábamos tres: Loonie y yo, y un tipo de Angelus llamado Slipper. Slipper llevaba una densa melena afro de color anaranjado y tenía los clásicos ojos enrojecidos de los porretas. Le faltaban dos dientes delanteros y llevaba un viejo neopreno de submarinismo que parecía haber sido mordisqueado por un dingo. Estaba detrás de nosotros, sonriendo como si nunca se lo hubiera pasado tan bien en la vida. Ni que decir tiene que yo no compartía su optimismo.

Pilla la siguiente, chiquillo, me dijo.

¿Yo?, murmuré.

Desde aquí no puedes volver andando a casita, dijo lanzando una mirada de demente. Deberías animarte,

¿eh? ¿Y tú, Blancanieves? ¿Vas a por ella? No puedes estar flotando por aquí como una bolsita de té.

Vale, dijo Loonie aceptando el reto. Allá voy.

La resaca que circulaba hacia mar abierto desde la bahía se había convertido en un río burbujeante que chocaba contra las rocas del promontorio y soltaba una columna de arena y algas que se desplomaba por detrás de nosotros. La corriente nos arrastraba cada vez más lejos. El oleaje se había vuelto turbio e inestable. Ahora estábamos en territorio desconocido. La costa que se veía hacia poniente era una sombría hilera de peñascos y acantilados; por allí era imposible salir del agua. Pensé que lo mejor sería ir remando hacia el este atravesando la corriente en dirección a la bahía, para que me arrastrara hacia la barra del estuario, pero eso implicaría cruzarme con las series que nos embestían y en ese caso corría el riesgo de ser sepultado por las olas. Además, sabía que si perdía la tabla quedaría a merced de la corriente y las perspectivas serían muy negras. Estaba bien jodido. Creía que iba a cagarme vivo en cualquier momento.

Slipper lanzó la alarma: otra serie se abalanzaba sobre nosotros. Estábamos mucho más lejos de la orilla de lo que era habitual, pero las olas parecían a punto de romper incluso en un lugar tan alejado de la costa. Con la profundidad que había allí era increíble que ocurriera aquello.

No te irás a rajar, ¿no, Blancanieves?, chilló Slipper volviendo la cabeza. ¿Te ha entrado el canguelo?

Vete a la mierda, dijo Loonie con una sonrisa forzada.

Y no lo olvides, te estoy cediendo una ola. Yo no les

hago regalitos a los mocosos, pero hoy estoy de buen humor. Píllala ya, venga.

La primera ola de la serie era fofa e irregular, pero Loonie se lanzó hacia ella de todas formas, como yo sabía que haría. Mientras la remaba, las plantas de los pies se veían amarillentas y diminutas, y los codos sobresalían por encima del agua. Me quedé quieto, irguiéndome un segundo mientras el agua iba elevándose por debajo de nosotros. Y entonces lo perdí de vista.

Slipper soltó un grito de aprobación. Pero al poco tiempo se nos echaba encima otra montaña.

¡Adelante, chico! El que no se la juega no gana.

No puedo, dije.

Es la única forma de volver a casa.

Me quedé callado.

Tu compi va a pensar que eres un gallina. Un puto marica.

Pero no fui capaz de lanzarme a por la ola. Conseguí llegar de mala manera a la cresta y caí en la cara posterior. Me pegué un planchazo que me quitó todo el aire de los pulmones. Slipper se acercó remando y gruñó en mis oídos:

Pillo la siguiente y me largo, chico. Te vas a quedar aquí solito. ¿Te enteras?

Yo estaba muy confuso y casi no podía respirar. La ola de Loonie estaba ya deshaciéndose en la desembocadura del río, pero a él no se le veía por ninguna parte.

La tercera ola inició su giro a la izquierda y se lanzó hacia mí. Parecía tan grande como el edificio del pub y cuando empezó a romper el ruido me sacudió las costillas. Con Slipper a mi lado, hice girar mi pequeña y gruesa Hawke e inicié la remada. Remaba —debo decirlo— sin ninguna energía y al instante me alcanzó la ola: la masa me atrapó tan deprisa que era como si viajara hacia atrás. A mi alrededor no había nada más que una nube de vapor furioso. Me quedé colgado allá arriba, en la cresta de aquel nido de espuma hirviente, suspendido entre el fragor y la incredulidad, antes de que empezara a precipitarme hacia abajo en un remolino de espuma cegadora. Me puse en pie por puro instinto, y de repente allí estaba, erguido y vivo, deslizándome frente a aquellas fauces monstruosas con mi tabla pequeñita repiqueteando bajo mis pies. No podía creerme lo rápido que iba, ni la forma en que la ola se elevaba en mi ruta a medida que iba encontrando aguas menos profundas. Lo único que podía hacer era encoger el cuerpo y mantener el rumbo confiando en que todo saliera bien. A pesar de la aceleración enloquecida había algo muy pesado en el movimiento del agua. En la tele había visto elefantes que corrían junto a los jeeps de los cazadores y hacían retumbar el suelo a una velocidad vertiginosa, aunque parecían moverse a cámara lenta, y eso era exactamente lo que ocurría con la ola: un ruido perturbador, una fuerza gigantesca que ascendía por los pies y las rodillas, y todo en una especie de tiempo detenido.

Hubo un instante fatal, cuando me creía inexplicablemente en la cima del mundo, en que todo aquel asunto me pareció demasiado fácil. En tres segundos pasé de salvarme por los pelos de una catástrofe a creerme un profesional de trece años.

Nunca llegué a ver la gran losa de agua que me derribó. Loonie me contó que apareció por atrás como si fuera una avalancha de tierra y que simplemente me lanzó al vacío. Ni siquiera tuve tiempo de coger aire. De golpe, envuelto en un manto de oscuridad, me vi arrojado contra el fondo y tuve que aferrarme a los restos de aire que me quedaban en los pulmones mientras la arena se estrellaba contra el pelo y sentía que alguien me arrancaba todos los miembros de las articulaciones. Cuando salí despedido a la superficie, hacía tiempo que había perdido la tabla y, antes de que pudiera empezar a nadar, otra masa retumbante de agua me aplastó, así que tuve que zambullirme de nuevo y me llevé otra buena tunda. No sé el tiempo que pasó hasta que pude salir a la superficie en la que hacía pie, en medio de una lengua de espuma, con los senos de la nariz que me ardían y el bañador enrollado a la altura de los muslos. Para entonces Loonie ya estaba en la playa, sonriendo como un loco y con mi tabla al lado, clavada por la cola en la arena seca.

Slipper pilló la ola del día. Fue maniobrando por la bahía en largos giros arrogantes, se salió de la ola justo delante de la barra del río y volvió caminando por la playa con el aire más despreocupado que pudieras imaginarte. Pero cuando llegó al lugar donde estábamos, nos miró de reojo con su sonrisa sin dientes, soltó la tabla en la trasera de la camioneta y nos hizo señas para que metiéramos también las nuestras. No lo dudamos ni un segundo y nos subimos con los de Angelus, muy orgullosos por el recién ganado respeto que ahora nos mostraban a regañadientes. Justo cuando subíamos por la pista de tierra, un tren de enormes olas cerronas invadió la bahía arrojando espuma contra las dunas y detritus marrón de la tormenta hacia los matorrales del promontorio. Fue una verdadera carnicería. Y aun así el oleaje seguía cobrando fuerza.

La camioneta llegó a la curva donde habíamos dejado las bicis, pero no se paró. Giró a la izquierda por una pista formada por rodadas que cruzaba el promontorio y luego se internaba en un erial de matorrales espinosos de color gris, salpicado de pedruscos de granito y atravesado por quebradas. Las tablas, las herramientas y los cuerpos entrechocaban en la bañera hasta que, a eso de un kilómetro y medio, nos detuvimos en un montículo de basalto que dominaba los acantilados.

Todo el mundo se levantó y se apoyó en el techo de la cabina, mirando al mar. Yo no sabía qué estábamos mirando. Y fue entonces cuando vimos el resplandor que centelleaba a lo lejos.

Cuando la bahía se cierra, dijo Slipper, es cuando empieza a romper ahí fuera.

A una distancia de una milla más o menos, apareció una mancha blanca en medio del mar negro. Un instante después nos llegó el sonido. Era como un trueno. El chasis de la camioneta empezó a vibrar.

¿Qué tamaño tiene?, pregunté.

Todo el mundo se echó a reír.

Oye, insistí, ¿qué tamaño tenían hoy las olas de la Punta?

Demasiado grandes para *ti*, amiguito, dijo Slipper.

Dos metros y medio, más o menos, dijo alguien. Las últimas, unos tres.

¿Y allá lejos?, seguí insistiendo, ¿qué tamaño tienen?

Slipper se encogió de hombros.

Ni idea, dijo. ¿Seis metros?

Más, dijo un tipo bajito y enjuto.

¿Hay alguien que pille esas olas?

Nadie contestó.

Ni de coña, dijo Slipper. Eso está lleno de tiburones.

El mar se había vuelto oscuro y el cielo, más negro todavía. Lienzos de agua pulverizada flotaban sobre los acantilados. De repente empezó a llover con fuerza. Volvimos a la Punta dando tumbos bajo la lluvia y cuando miré a Loonie vi que ni la lluvia ni nada podían estropearle la emoción de aquel día. Tenía el labio partido de lo mucho que había estado sonriendo. Había conseguido surfear la ola entera hasta la playa. Se había cubierto de gloria. Y ahora era intocable.

Desde la veranda, la mujer americana nos miraba. Los dos estábamos calados y tiritando en medio del barro del patio.

Será mejor que subáis, dijo.

Soltamos las tablas en la cripta de abajo de la casa y subimos empapados por la escalera. La mujer nos había preparado unas toallas y cuando estuvimos más o menos secos nos dejó entrar en la sala.

Dentro olía a incienso. El fuego chisporroteaba en el hogar y sonaba la música.

¿Un café?

Asentimos y ella nos aconsejó que nos acercáramos a la chimenea.

Hoy parecían muy grandes, dijo sin ningún entusiasmo.

Tres metros, dijo Loonie.

Ah, demasiado grandes para vosotros.

Pero las hemos surfeado, dijo Loonie.

Oh, sí, seguro que sí.

Tenemos testigos.

Puso una media sonrisa y con una jarra de vidrio nos sirvió el café. Por las ventanas se veía la tormenta abatiéndose sobre la costa. La lluvia oscurecía el pueblo y el bosque.

¿Eres americana?, pregunté.

California, dijo. Y antes, Utah, supongo.

Ca-li-for-nia, dijo Loonie imitando el acento. U-tah. ¿Y cómo has venido a parar *aquí*?

Eso mismo me pregunto yo. Venga, tomaos el café y os llevo al pueblo.

No hace falta, dijo Loonie.

Lo que digas, pero de todas formas tengo que ir. Supongo que sois de Sawyer, ¿no?

No quisimos contestar, pero pensé que saltaba a la vista, por nuestras camisas de franela y nuestros zapatos Blundstone, que éramos chicos de pueblo. Imité a Loonie y me tragué como pude el café. Ni todo el azúcar del mundo podría haber disimulado el sabor amargo que tenía. Los Pike solo bebíamos té. Aquel fue el primer café que me tomé en la vida.

Fuimos hasta el pueblo sin decir nada. La furgoneta Volkswagen temblaba bajo las rachas de viento; los limpiaparabrisas no podían contener el diluvio. Era raro comprimirse en un espacio tan pequeño al lado de una mujer.

Al final del camino que llevaba a mi casa nos bajamos los dos, pero Loonie se quedó apoyado en la puerta de la furgoneta.

Eran olas de tres metros, dijo. Y las hemos surfeado. ¿Se lo dirás?

Sí, claro. En cuanto llegue.

¿Cómo te llamas?, preguntó con una familiaridad que me avergonzó.

Eva.

Muchas gracias por traernos, Eva.

Ella subió las revoluciones de la carraca mientras yo descargaba las bicis. Loonie seguía sonriendo al lado de la portezuela.

Cierra la puerta, chico.

Pero Loonie, sin importarle la lluvia, seguía apoyado en la puerta mientras el motor petardeaba. La sonrisa que exhibía era una pura provocación. La furgoneta dio una sacudida y se puso en marcha. La puerta se cerró de golpe. Nos quedamos parados bajo la lluvia mirando cómo iba bajando por el camino.

Le gusto, dijo Loonie.

Sí, seguro, y tanto que sí.

Oye, a lo mejor tu madre ha preparado bizcochos.

Pedaleamos a toda pastilla hasta llegar a casa.

❋

Loonie poseía la energía de un maníaco, un extraño espíritu indómito que te hacía reír al mismo tiempo que te entraba el canguelo. Era alguien que se arrojaba contra el mundo. Uno nunca podía adivinar lo que iba a hacer y una vez que se embarcaba en una aventura no había forma de hacerlo retroceder. Pero ese mismo espíritu que te seducía también te podía agotar. Algunos lunes me alegraba de poder subirme al bus que me llevaba a Angelus.

Por nada del mundo hubiera querido reconocerlo en su día, pero me gustaba ir al instituto. En el aula reinaba una monotonía tranquilizadora, una calma en la que una parte de mí mismo se sentía a gusto. Quizá fuera porque me había criado en un hogar muy ordenado, por la seguridad de saber en todo momento lo que iba a ocurrir a continuación. El caso es que mi experiencia del instituto no se parecía en absoluto a la de Loonie. Para mí no había una pelea continua con los demás gallitos ni una búsqueda peligrosa de la notoriedad. Me gustaban los libros —el alivio y la intimidad que proporcionaban—, libros sobre plantas y sobre la formación del hielo y sobre las guerras mundiales. Siempre que me zambullía en los libros me sentía libre. Si Loonie no rondaba cerca, nadie se fijaba en mí y, aunque supongo que eso fue lo que hizo que mi infancia fuera solitaria, en aquel momento me gustaba disfrutar de un poco de soledad.

Al salir de clase, si aún había luz, me iba al bosque a pasear a solas. Sabía que, en algún sitio, cerca de un viejo aserradero, los chicos del Instituto de Formación Agraria tenían una tirolina buenísima. Loonie alardeaba de haber cruzado el río balanceándose entre las copas de los árboles, y siempre ponía por las nubes el rugido del cable y la sensación de que los brazos casi se te salían de las articulaciones. Antes de que los guardias forestales encontraran la tirolina y la desmontaran, Loonie se pasaba la vida animándome a ir con él, aunque yo desconfiaba de los chicos del Instituto de Formación Agraria y la verdad es que prefería ir solo al bosque.

Cuando me metía en el bosque me aseguraba de que mis padres no se enteraran. Fue otro engaño más que se convirtió en una rutina, ya que ellos —igual que los demás padres del pueblo— se sentían tan intimidados por el bosque como por el mar. La gente del pueblo solo se metía en el bosque cuando iba a cortar leña, pero nadie parecía querer ir solo, sobre todo si no había una razón práctica que te llevara allí. Nadie decía que le daba miedo, pero miedo era lo que sentía todo el mundo, y yo lo entendía, porque había cosas allí que gemían y crujían y chirriaban. Si la brisa soplaba en las copas de los karris y de los enormes eucaliptos rojos, se oía un ruido que te erizaba el pelo de la nuca. Cuando caminabas a solas por aquel paisaje repleto de cosas raras, una parte de tu cerebro se negaba a reconocer que estabas solo. Me gustaba serpentear a través de las crestas de las lomas hasta que los árboles tapaban la vista de Sawyer y ni siquiera se veía el mar allá a lo lejos. Después me metía por los campos a los que tan solo llegaba la luz matinal, y jamás me cruzaba con nadie. Cuando volvía a casa, al atardecer, el silencio resonaba en mis oídos.

✳

Una mañana soleada de primavera fuimos en bici a la costa, y en cuanto subimos por la cuesta que llevaba a la casa de los hippies para coger las tablas, vimos que Sando había vuelto. En aquellos tiempos ni siquiera sabíamos cómo se llamaba. Estaba puliendo una tabla colocada sobre dos caballetes y levantó la vista al vernos. El sol era tibio y le daba en el torso desnudo. Soltó la pulidora y la dejó colgando del cable. El perro salió de la explanada y echó a correr hacia nosotros.

Vaya, dijo, pero si son Tuco y Tico, las Urracas Parlanchinas.

Eva salió cojeando un instante a la veranda para ver quién era y enseguida volvió a meterse en la casa.

Habéis llegado justo a tiempo para que vayamos al agua, dijo Sando mientras repasaba con la mano la superficie lustrosa de la nueva tabla. Ahora mismo iba a ir a probarla.

Le dio la vuelta a la tabla. Era pequeña y con forma de disco, de quilla doble. La había pintado de amarillo plátano.

¿Podríais encerarla, por favor? Vuelvo en un segundo.

Loonie y yo encontramos tacos de cera en la cripta de la casa. Volvimos a los caballetes y nos pusimos uno a cada lado de la flamante tabla. Estábamos estupefactos. Lo único que nos atrevíamos a hacer era deslizar las manos por los cantos suaves y resplandecientes. Parecía indecente ensuciar una cosa tan bella con cera, y cuando Sando volvió con el traje de neopreno, seguíamos delante de la tabla, fascinados.

Aquel día, las olas no eran muy grandes y no había nadie más en la Punta. Fuimos pillando olas por turnos. El agua era transparente y muy débil la corriente. Sando fue deslizándose en su pequeño disco amarillo, que forzaba al máximo mientras experimentaba en las olas de apenas un metro. Surfeaba con una especie de autoridad despreocupada, con una gracia que convertía por comparación todos nuestros movimientos en simples titubeos y sacudidas. Era un tipo alto y fuerte. El traje de neopreno delineaba cada contorno de su cuerpo, la amplitud de los hombros, la dureza de los muslos. El agua le centelleaba en la barba. El resplandor del sol daba a su mirada un reflejo de acero. En las pausas flotábamos a su lado sobre las tablas y pedaleábamos lánguidamente con los pies. Nos sentíamos intimidados por su presencia.

Mi señora me ha dicho que pillasteis unos cuantos olones cuando yo no estaba.

Loonie le informó de la marejada y de las olas que rompían pasada la Punta. Le habló del grupito de Angelus y de nuestras épicas surfeadas a través de la bahía. Cuando empezaba a hablar no había manera de pararlo; sus historias se volvían más extraordinarias y más alucinantes: nuestro valor era indescriptible, nuestra calma ante el peligro era una cosa digna de ver. Sando, escéptico, se reía con indulgencia. Dijo que Loonie sabía camelarse a la gente, y eso animó a Loonie a contarle que habíamos ido por los acantilados a ver la ola fantasma que rompía en el arrecife.

Ah, dijo Sando. Old Smoky. La llaman así.

¿Ha surfeado alguien ahí?, pregunté.

Sando me miró un segundo con atención. Bueno, murmuró, eso sí que sería digno de contarse, ¿no?

Debían de ser seis metros, dijo Loonie.

Esa parte de la costa es muy salvaje, dijo Sando. Te puedes encontrar con toda clase de sorpresas. Pasatiempos y diversiones para un caballero discreto.

Hablaba de una forma peculiar y fantasiosa y nos quedamos a su lado hipnotizados hasta que apareció una ola pequeñita y Sando giró de golpe y la cogió sin haber tenido apenas que remar. Miré la mancha amarilla de la tabla a través de la pared transparente de la ola. Vi que estaba moviendo las manos con los brazos extendidos. Estaba bailando.

✻

Aquella primavera, Loonie y yo fuimos muchas veces a casa de Sando. Íbamos y veníamos con nuestras tablas, confiando en que estuviera en su casa o en la Punta, pero la casa casi siempre estaba vacía. Si Sando estaba allí y de buen humor, nos enseñaba a interpretar los mapas del tiempo para predecir las condiciones del oleaje, o bien nos ayudaba a usar fibra de vidrio y resina para reparar los toques de las tablas. Pero había días en que nos veíamos en la Punta y ni siquiera se dignaba mirarnos, sobre todo cuando andaba por allí el grupito de Angelus. En esos casos se sentaba sobre la plancha, lejos de todo el mundo, y esperaba a que llegara una bomba esporádica, la verdadera ola del día, y cuando la pillaba se deslizaba a toda velocidad por delante de todos nosotros, con los pies grandes y prensiles extendidos sobre la superficie de la tabla como si pertenecieran a una criatura extraña e inamovible. Esos días tenía los ojos vidriosos y distantes, y nunca hacía el menor gesto de habernos reconocido.

Algunas tardes, en el terreno en sombra que había debajo de la casa, contaba historias de iniciación en las islas: caminatas a través de los arrozales y los bosques de palmeras hasta pueblos y cuevas situadas al borde de los acantilados; el aroma del incienso y del pescado seco y del aceite de coco; arrecifes a los que tenían que llevarle los lugareños en canoas con estabilizadores; y olas que ahuecaban perfectamente sobre grandes extensiones de coral.

Sando se fabricaba algunas de las tablas que tenía y las tallaba en el patio hasta darles la forma que buscaba, aunque de vez en cuando le enviaban tablas nuevas que llegaban embaladas en viejas cajas de frigorífico, aseguradas con cinta adhesiva. Nunca nos decía dónde las conseguía ni quién se las mandaba, así que más de una vez me colé en la caseta donde guardaba los restos del embalaje antes de desmenuzarlo para fabricar compost, y sin que nadie me viera examinaba las direcciones de los remitentes en Perth, Sídney, San Francisco y Maui. Incluso había una de Perú y otra de Isla Mauricio. Las tablas llegaban y se iban. Algunas las utilizaba y otras desaparecían sin más.

En noviembre empezamos a arrancar hierbajos para él y a rellenar los baches del camino con cubos de gravilla. A veces nos pagaba, pero por lo general nos bastaba con la oportunidad que nos daba de pasar tiempo con él. Sando era muy distinto de todos los hombres que conocíamos. Había algunos profesores que no me caían mal, pero nunca podías olvidar que les pagaban por fingir que se interesaban por ti. Sando nunca hacía eso. Simplemente, si estaba de humor, te permitía estar en su casa. Era una persona distante y que cambiaba fácilmente de ánimo. A veces parecía comportarse con un exceso de reserva, como si en todo lo que te contaba hubiera una parte que nunca te iba a revelar.

En las raras ocasiones en que nos invitaba a entrar en la casa, yo miraba las máscaras y esculturas que había en las paredes, los tapices hechos a mano y los utensilios de hueso que se había traído de lugares que uno solo podía tratar de imaginar. La pared de enfrente de la chimenea estaba repleta de libros: Jack London, Conrad,

Melville, Hans Hass, Cousteau, Lao Tsé, Carlos Casta-
neda. Había pulidas conchas de caracola sobre una mesita, lámparas de petróleo con pies de bronce, el diyeridú
y las vértebras de una ballena franca que parecían un
taburete muy grande y lleno de melladuras.

En aquellos primeros tiempos, si Eva estaba presente,
Sando se mostraba muy serio, incluso un poco circuns-
pecto. Eva solía estar cansada y solo parecía soportar
nuestra presencia porque Sando quería. Las pocas veces
que se me ocurrió fijarme en ella me pareció una mujer
enfurruñada, un alma infeliz. Ponía muecas cuando
alguno de nosotros decía algo demasiado infantil y sabía
darle una inflexión sarcástica a cualquier frase que dijera, así que yo procuraba evitarla. De todos modos, mi
atención siempre estaba centrada en Sando. Me encantaba estar en compañía de aquel tipo corpulento, bar-
budo y que parecía a punto de estallar. Llevaba en el
cuerpo un mapa de todos los lugares en los que había
estado. Tenía las rodillas y los pies llenos de bultos pro-
vocados por el estilo de surfear clásico, en los antebrazos
se apreciaban las cicatrices de docenas de arrecifes, y los
muchos años de exposición al sol le habían blanqueado
el pelo y la barba. Para nosotros era un enigma fascinan-
te. Nunca hacía lo que imaginábamos que iba a hacer y
no había nadie en Sawyer o en Angelus que pudiera
competir con él.

Un sábado, cuando llegó la última marejada de la temporada y estábamos en la Punta turnándonos Loonie y
yo con los de Angelus a coger olas al final del promontorio —descendíamos tan veloces que las tripas se nos

subían a la garganta—, Sando apareció en la playa sin tabla, se calzó unas aletas y entró en bañador de natación para hacer bodysurf con las series más grandes del día. Ni siquiera se dignó saludarnos. En las pausas del oleaje, flotaba en la corriente como una foca; era como si no compartiera con nosotros el mismo ADN, ni mucho menos el mismo idioma. Éramos un grupo de diez, esperando en medio del estrépito y de la espuma, y hacíamos lo imposible para no fijarnos en él porque incluso sin tabla era capaz de surfear mucho mejor que todos nosotros. Nadie se atrevía a remar una ola si Sando parecía dispuesto a cogerla. Por primera vez en nuestra vida de surfistas nos vimos —tanto adultos como muchachos— sobrepasados por un simple nadador. Cuando salió disparado hacia la playa por última vez y se quitó las aletas y se alejó caminando entre los árboles, creo que todos nos sentimos decepcionados por verlo partir.

❋

Un día de diciembre, yo iba en bici a solas por la ruta costera cuando vi la furgoneta de Sando mal aparcada en el arcén de gravilla. Se veían marcas oscuras de frenada sobre el asfalto y cuando llegué estaba de pie junto a un canguro herido. Tenía la manivela del gato en la mano. Daba la impresión de estar al mismo tiempo furioso y triste. La intensidad de su mirada me dio miedo.

Mira lo que pasa, dijo. ¿Ves lo que ocurre? Y no es bonito, ¿eh?

Mató al animal con un par de golpes en la cabeza, lo llevó en brazos hasta la zona de carga de la furgoneta, y luego miró por la carretera hacia el lugar por el que debía de haber saltado de repente. Era un canguro occidental gris, no muy grande. Me pregunté qué iba a hacer con el cuerpo. La gente solía arrastrar los cadáveres y dejarlos al borde de la carretera, pero había gente que ni siquiera se tomaba la molestia de hacerlo. Sobre la superficie de pino abrillantado de la bañera, la sangre del canguro brillaba con una fuerza insoportable.

Bueno, me dijo Sando, súbete si vas para allá.

Coloqué la bici al lado del canguro muerto y me senté al lado de Sando. Olía a sudor y a animal. No abrió la boca y no me atreví a preguntar nada. Cuando llegamos a su casa, lo primero que hizo fue atar al perro. Luego se metió en una caseta y volvió con un gancho de carnicero y una soga. Me quedé a su lado mientras colgaba el canguro por la cola. Luego se fue a la casa y me dejó a la sombra del marri. Oí gritos amortiguados que llegaban de la casa. Eva parecía enfadada pero no pude oír lo que decía. El perro gañía, atado a la cadena.

Colgado de la soga, el canguro daba vueltas y le goteaba sangre del hocico, cada vez más despacio, que iba a caer sobre el lecho de hojas del suelo. Tenía las pezuñas extendidas y daba la impresión de haber quedado atrapado en una zambullida perpetua hacia la tierra. Estuve un buen rato contemplándolo. El canguro apuntaba y apuntaba, pero nunca llegaba a su destino; solo la sangre conseguía llegar a la meta. Pensé en el momento en que estaba apostado junto a la carretera, entre los tupidos matorrales, reuniendo fuerzas para cruzar el asfalto. Me pregunté si los canguros pensaban. Y si pensaban, se me ocurrió que las intenciones de este canguro podían haber conseguido llegar hasta el otro lado de la carretera y aterrizado por delante de él, igual que ahora estaba haciendo la sangre. La idea me dio un poco de vértigo. Nunca antes había pensado en esas cosas.

Sando regresó con un cuchillo y una plancha de acero. Estaba muy nervioso, pero manejar el cuchillo lo calmó un poco.

Es lo mínimo que podemos hacer, dijo. Desperdiciar una vida es desperdiciar proteínas.

Sí, dije, no muy seguro de lo que quería decir.

Es carne magra, dijo.

Me quedé callado. Miré cómo despellejaba el cadáver y luego lo abría en canal hasta que las entrañas se desparramaron por el suelo.

Tengo que irme, dije.

Espera, dijo. Llévate algo para tus viejos.

Me quedé quieto, abatido, y me aparté un poco de él. Sabía despiezar un animal, pero estaba claro que era un hombre de ciudad. De otro modo habría sabido que mis padres no probarían jamás la carne de canguro aunque llegaran a vivir un millón de años. Ni siquiera teníamos un perro al que pudiéramos darle la carne. La carne de canguro era como la de conejo: algo que solo comían los pobres y los desesperados. Nadie en su sano juicio se comería la carne de un bicho atropellado en la carretera.

Al final, Sando me mandó a casa con dos filetes de solomillo metidos en un saco de harina. Cuando volvía en bici a Sawyer los arrojé a los matorrales.

❋

Llegó el verano y llegaron las vacaciones, pero el mar estaba casi siempre plano. Una tarde sin olas, Loonie y yo subimos por el camino que llevaba a la casa de Sando para pasar el rato, pero Eva y él habían salido. Todas las casetas del jardín estaban cerradas con candado y la furgoneta no estaba allí. El perro era el único que se había quedado. Estuvimos esperando un tiempo, confiando en que Sando llegara en cualquier momento, pero al final nos dimos cuenta de que nos habíamos metido una paliza en bici para nada.

Nos quedamos sentados en los escalones, arrojando guijarros de gravilla al árbol en el que todavía estaban colgados el gancho y la cuerda. A Loonie no le conté nada del canguro; no sabía cómo contarle todo lo que había pasado sin hacer que Sando pareciera ridículo. Loonie era un juez muy severo del comportamiento humano y hablarle del asunto del canguro me haría sentir que estaba traicionando a Sando. Además, aquel día había ido en bici a ver a Sando para disfrutar de su compañía sin nadie más, y no quería que Loonie se enterara de eso. Cuando nos cansamos de tirar gravilla nos pusimos a curiosear por la fresca sombra de la cripta y fuimos examinando las tablas guardadas en los soportes. Fue allí donde encontramos la caja de cartón llena de revistas de surf que alguien había dejado justo encima de nuestras tablas, bajo el banco de trabajo. Me molestó que alguien dejara una caja abandonada sobre nuestras tablas. Cogí la caja y la vacié sobre el banco de trabajo. Loonie agarró una revista y empezó a hojearla. Era un viejo ejemplar de los años sesenta con fotos en blanco y negro de surfistas que llevaban el pelo muy corto y usaban tablones. Yo seguí rebuscando en la caja y encontré revistas más modernas impresas en color. Eran revistas americanas, lujosas y pletóricas de optimismo, y exhibían un montón de anuncios y productos y fotos de los surfistas más famosos en los arrecifes hawaianos de Sunset Beach y Pipeline y Makaha. Al poco tiempo distinguí una postura familiar, una silueta que me resultaba muy conocida.

¡Hostia!, dije. Mira esto.

Loonie se inclinó sobre mí y ni siquiera tuvo que mirar el titular que yo señalaba con el dedo.

«Billy Sanderson, el mejor estilo de Rocky Point.» ¡Dios mío!

Mira, hay más.

Volcamos la caja sobre el banco de trabajo y rebuscamos más fotos de Sando. Y allí estaba, en Maui en 1970, en Marruecos en el invierno de 1968, y en Hollister Ranch en el 71. Encontré una foto suya con gafas de aviador y sombrero vaquero en un anuncio a toda página de las tablas diseñadas por Dewey Weber. Incluso había una vieja foto de un chiquillo con orejas de soplillo, haciendo *nose-riding* en chancletas sobre una *longboard*, con la espalda arqueada y el brazo y la cabeza echados hacia atrás como si fuera un torero: «El golfillo en el Golfo. El australiano Bill Sanderson, Spiny Reef».

Loonie y yo dedicamos una hora o más a reconstruir la historia a partir de las fotos y los titulares inconexos, pero lo único que llegamos a averiguar fue que Sando —durante un tiempo breve y en lugares legendarios para nosotros— había llegado a ser *alguien*. Me sentí idiota por no haber intuido nada, y la vergüenza que me produjo eso, sumada al hecho de que Sando nos lo hubiera ocultado, echaron a perder la emoción del descubrimiento.

De pronto el perro desapareció misteriosamente y poco después apareció la furgoneta Volkswagen por la explanada. Metimos a toda prisa las revistas en la caja de cartón, pero antes de que pudiéramos dejarla debajo del banco de trabajo, Sando ya estaba en la puerta. En su rostro se dibujó una fría media sonrisa.

Loonie y yo estuvimos media hora sentados en el escalón de abajo mientras Eva y Sando discutían y gritaban en la casa. Mirábamos las bicis con pena, deseando poder huir de allí, pero no nos atrevíamos a desafiar a Sando, que nos había pedido que nos quedáramos un rato más con la solemnidad de quien da una orden.

¿A qué estás jugando?, gritó Sando. ¿Qué coño buscabas al dejar eso ahí?

¿No eres su gurú?, chilló Eva. ¿No vienen aquí a tocar tus benditas reliquias y a leer tus sagradas escrituras? En el fondo de tu alma, ¿no querías que yo *revelara* a tus discípulos quién eres?

Ya sabes lo que pienso de esa mierda. No te entiendo.

Muy bien, Billy: has dado en el clavo. Por fin te has enterado: no eres capaz de entenderme.

No seas borde.

No tienes ningún maldito derecho a decirme que no sea borde.

Pero es que te estás poniendo así solo porque…

¿Así cómo, cariño? ¿Soy una chica mala? ¿Ahora resulta que ya no te gustan las chicas malas?

Estar celosa no es de ser mala, Eva. Es triste.

En ese momento, ella empezó a llorar. Oímos que salía agua de un grifo y después, cuando se cerró, las tuberías soltaron un chasquido. En medio del silencio recién creado, el perro bajó de la casa y empezó a olisquearnos, soltando su apestoso aliento que olía a carne cruda. No pude evitar acordarme del canguro.

Mierda, dijo Loonie. Seguro que ahora se besan y hacen las paces. Vámonos.

No, musité. Espera.

Pensé en la mirada que nos había dirigido Sando y en cómo nos había calado en un solo segundo. Antes de ver las revistas, ya se había dado cuenta de que lo mirábamos de una manera distinta. Costaba creer que se nos notara tanto. Pero así era. La admiración que sentíamos por él se había expandido, y ahora ya era una metástasis. Recordé cómo nos apartamos de un salto cuando se lanzó a por la caja. Luego se fue con ella bajo el brazo como si cargara con algo peligroso e inestable, y me asaltó el extraño sentimiento de haber obrado mal. Su mirada era más de dolor que de rabia, como esas miradas fatigadas y llenas de incomprensión que nos lanzaban los veteranos de guerra desde la veranda del pub.

Pero cuando bajó de la casa ya no tenía esa expresión. Ahora solo parecía agotado, y se quedó un segundo a nuestro lado mientras el perro le lamía los enormes pies huesudos.

No queríamos molestar a nadie, dijo Loonie.

Solo son papelotes viejos, dijo en voz baja. Olvidaos de eso. Coged los trastos y os llevo al pueblo.

A lo largo de casi dos kilómetros, de camino al pueblo, nadie abrió la boca. La cabina de la Combi siempre había sido muy cómoda, pero aquel día parecía demasiado pequeña para nosotros tres. Yo no podía apartar la mente del inconfundible olor animal de Sando y del tamaño del puño que tenía sobre el cambio de marchas.

Escuchad, dijo por fin. Eva lo está pasando muy mal. Está fatal ahora mismo.

Al oír aquello, ni Loonie ni yo supimos qué decir.

He estado demasiado tiempo fuera. Es por eso.

Avanzábamos a trompicones por el extremo del estuario, donde las espigas blancas de las melaleucas se desparramaban por la carretera.

¿Es por las pastillas?, preguntó Loonie.

Estupefacto, le lancé una mirada asesina. Yo no sabía nada de las pastillas.

Toma pastillas, dijo desafiante Loonie. La he visto.

Hubo un largo silencio.

No, dijo Sando. No es por las pastillas.

Me quedé totalmente chafado. Loonie no me había querido contar nada.

Está como una maldita cabra, dijo Loonie. Por eso pensé que eran las pastillas. Eso es todo.

Cierra el pico, gruñí. No es asunto nuestro.

De todos modos, no tiene nada que ver con eso, dijo Sando.

Loonie se encogió de hombros. Era un gesto de desafío tan enfático en el estrecho espacio de la cabina que hasta me levantó la camiseta unos cuantos centímetros. Después se mantuvo en silencio durante todo el camino, y cuando vio que Sando iba a dejarlo primero a él, se puso aún de peor humor. Se bajó delante del pub, sacó la bici de la zona de carga y se fue pedaleando sin decir nada.

Las revistas, le dije a Sando, estaban justo ahí, encima de las tablas.

Todo eso ya está olvidado, tío. No te preocupes.

Me moría de ganas de decirle algo acerca de las fotos, como simple muestra de afecto, pero estaba claro que no le habría gustado. Había algo en Sando que no estaba resuelto del todo. No era una persona de una pieza, como mi padre, y ese aspecto intrigante de su personalidad me inquietaba hasta el punto de hacerme sentir mal. Era como si no tuviera la edad que aparentaba, como si todavía no hubiera terminado de ser él mismo.

Dile a Loonie que no se tome tan en serio lo de las pastillas, dijo. Solo son analgésicos.

Podemos dejar las tablas en otro sitio, sugerí.

No, no. No hay problema. De verdad.

Vale, dije, no muy convencido.

Escúchame: van a llegar buenas olas. Pasado mañana, si hay viento terral, levántate temprano.

¿Temprano?

Cuando canten los pájaros. Pasaré a recogeros a los dos. Iremos a un sitio… discreto.

Secreto.

Sí, creo que ya estáis preparados.

Subimos por el camino que llevaba a mi casa y me bajé de la furgoneta a coger la bici. Mientras pedaleaba por la cuesta, a la luz declinante del atardecer, se oían los chirridos de la Combi que salía del pueblo rumbo a la costa, y esos ruidos todavía resonaban entre los árboles cuando llegué a la casa con el parterre de hierba mal cuidada, siempre envuelta en olores a asado y sonidos de radio.

Al día siguiente, Loonie y yo teníamos que trabajar en el derribo de una caseta detrás de la carnicería, y mientras arrancábamos clavos con martillos de uña y palanquetas, intenté sonsacarle cosas sobre Eva y Sando. Para mí, las lágrimas y las peleas eran un espectáculo irresistible. En mi casa nadie se sulfuraba, y eso hacía que las discusiones se convirtieran en algo tan excitante como desconcertante. Yo tenía curiosidad por saber qué era lo que los llevaba a pelearse, pero no conseguí interesar a Loonie en nada que no fueran los muchos defectos de Eva. Para él, lo que había ocurrido el día anterior demostraba que era un puto grano en el culo. Era un coñazo, una cabrona, una americana idiota y una yonqui.

Sí, hombre, analgésicos... Mis cojones, dijo.

Pero cojea. Seguro que le ha pasado algo.

Lo único que le pasa es que es la típica mujer quejica.

Pero ¿no ves que siempre lleva vaqueros? ¿Sabes si en América todavía hay polio?

¿Y a mí qué me importa? Ojalá se volviera a América.

Pues no está tan mal.

¿No has visto las revistas? Él era famoso, tío, y si no fuera por ella, seguramente lo seguiría siendo. Las tías, Pikelet, las tías. Siempre te llevan a la ruina.

Creía que te gustaba, me atreví a decir.

Eres un puto imbécil.

Lo dejé estar y seguí lijando la costra de verdín de la caseta. Sabía que me estaba metiendo en terreno peligroso con Loonie, pero sus fanfarronadas me daban risa porque yo había visto cómo miraba a Eva: todas esas miradas de soslayo, todas las veces que seguía con la vista el pesado balanceo de su trenza y la firme curva de su pecho. Pero desde aquel día que llovía y Eva nos había llevado de vuelta al pueblo, la antipatía que sentía por ella se había vuelto implacable. Era como si el desprecio que sentía por la mujer alimentara su devoción hacia Sando. Para Loonie, Eva siempre sería la piedra de molino que nuestro héroe llevaba colgada al cuello. La tersa piel de norteamericana y los ojos azules parecían sacarlo de sus casillas. Odiaba su forma sarcástica de hablar y sus amargas indirectas. Aquella mujer se interponía en su camino. Más aún, se entrometía a propósito entre Sando y él, cosa que a ella le resultaba muy divertida.

Eva tenía razón sobre el lazo que nos unía a Sando. La caja de las revistas debió de ser una especie de provocación, una de las muchas cosas que nunca conseguimos explicarnos. Tiempo después me pregunté si lo había hecho para que él se diera cuenta de la relación que estaba entablando con dos muchachos a los que les doblaba la edad y para que pensara en lo que hacía. No pretendo conocer los efectos que aquel hecho tuvo en Sando, o cómo zanjaron las cosas —si es que alguna vez llegaron a zanjarlas—, pero lo único que sé es que aquellas fotos acrecentaron la veneración que nos inspiraba Sando. Años más tarde tuve el tiempo suficiente —y también razón suficiente— para plantearme si ella había tenido unas motivaciones más siniestras, motivaciones que ni ella misma era capaz de reconocer o de las que ni siquiera era consciente.

❋

Al alba, Sando llegó en la furgoneta con un remolque que transportaba una barquita. Era el primer sábado del nuevo año. Así empezaron lo que él denominaba nuestras citas con lo desconocido. Según nos contó en un tono algo teatral, éramos caballeros en busca de un lugar discreto donde ejercer nuestra actividad, y enseguida comprendimos, sin que él tuviera que añadir nada más, que formábamos una sociedad secreta de solo tres personas.

Nos llevó hacia el oeste a lo largo de kilómetros y kilómetros de bosque. La luz de la mañana caía sobre la carretera en forma de retículas. Al tiempo, llegamos a un puente pequeño que no conocíamos, y allí Sando se metió por una pista lateral que llevaba a la ribera de un riachuelo de aguas profundas. Perplejos, Loonie y yo hicimos lo que nos ordenaba, y le ayudamos a acercar el remolque con la barquita hasta la orilla. Dentro de la barquita había bidones de combustible y tres tablas mucho más largas y estrechas que las nuestras. Cuando nuestra mirada coincidió por encima de la regala, Loonie sonreía mordiéndose el labio inferior.

Fuimos descendiendo por el riachuelo, bajo un túnel de ramas colgantes, hasta llegar a un amplio estuario con las orillas erizadas de árboles. No había cabañas ni embarcaderos, nada que delatara presencia humana, y era evidente que los leñadores no habían llegado a aquella parte de la región. Para nosotros era un paisaje ancestral.

Sando arrancó el motor y la barca se lanzó por la ensenada de aguas poco profundas. Cuando volví la vista hacia la popa, donde él estaba, iba agarrando el timón y el viento le arremolinaba el pelo y la barba. La sonrisa que exhibía era enigmática, o mejor dicho, maliciosa.

En la casi taponada boca del río, el estuario se estrechaba hasta convertirse en un diminuto callejón sin salida flanqueado por altas dunas de arena blanca, y en el lado que daba al mar había una barra tan grande como la de la Punta. Cuando Sando paró el motor, se oía el ruido del oleaje pero no se veía el océano.

¿Dónde estamos?, preguntó Loonie.

Esto es Barney's, dijo Sando, que ya se estaba poniendo el traje de neopreno. Este tramo de la costa es el que se proyecta más hacia el sur, así que recoge hasta los últimos coletazos de las marejadas.

¿Y ese nombre?, pregunté.

Porque aquí vive Barney, dijo con la sonrisa de iluminado.

Loonie y yo nos pusimos a mirar el lugar. No había ni una sola señal de presencia humana, ni huellas en la arena ni una pista para vehículos en las colinas del otro lado.

Lo mínimo que podía hacer era contaros eso, dijo Sando.

¿Y dónde vive ese Barney?, preguntó Loonie en tono burlón.

Con la cabeza, Sando señaló el mar y se puso en pie dentro de la barca para terminar de embutirse el traje de neopreno. Luego saltó de la barca y nosotros saltamos tras él. Le ayudamos a varar el bote en la arena, cogimos las tablas que nos indicó y le seguimos hasta el contrafuerte de la barra, desde donde por fin pudimos ver la amplia curva de la bahía.

¡Dios!, exclamó Loonie. Acojonante.

Me quedé atónito mirando las moles azules que barrían la playa desierta. Las olas rompían en diagonal a unos doscientos metros de la costa e iban abriéndose regularmente hacia el este, cruzando los bancos de arena, hasta perderse en la diminuta lejanía. No podía creerme lo larga que era aquella ola. Como si estuviera leyendo mis pensamientos, Sando nos explicó que era mejor volver caminando por la playa después de surfearlas. No había ningún indicio humano en la playa, aparte de pisadas de aves, rociones de espuma y el fragor blanco de las olas que se despeñaban.

¿Y Barney?, pregunté con una sonrisa forzada, como si supiera de qué iba la broma.

No siempre tiene hambre, dijo Sando, y eso mejora mucho nuestras posibilidades.

Joder, dijo Loonie, dime que no es un tiburón.

Pues no, no es un tiburón.

Loonie soltó una carcajada que sonaba como un resoplido de alivio, y yo lo imité con otra risotada.

Bueno, digámoslo así: no es un tiburón *normal*, dijo Sando.

Las risas se nos quedaron ahogadas en la garganta.

Tampoco es para tanto. Llevo años viniendo aquí y miradme: todavía tengo todos los dedos de las manos y de los pies.

Pero ¿lo has *visto*?, grazné.

Sí, claro. Cinco o seis veces.

¿Y qué clase de puto tiburón es?, dijo Loonie, acalorado.

Ya os lo he dicho: no es un tiburón normal.

Deja de dar largas y suéltalo de una vez, dijo Loonie.

Es un tiburón blanco, muchacho. El gran cazador blanco.

¡La hostia, joder! ¡La hostia!

Ahora ya te puedes cagar por la pata abajo. Venga, amiguito, bájate los pantalones y suelta el turrón.

Sando y Loonie se plantaron uno frente al otro, retándose con la mirada. No se le podía hablar a Loonie de aquella manera. Yo sabía que ahora ya no iba a dar un paso atrás, y le daba igual que fuera ante un adulto o un chico. Como buen gallina, yo me aparté de allí y me puse a esperar a que cayera el primer golpe.

¿Cómo de grande es ese bicho?, pregunté, como si aquello pudiera arreglar las cosas.

Cuatro metros y pico, dijo Sando de buen humor, sin desviar la mirada desafiante que tenía clavada en Loonie. Pero es difícil decirlo, Pikelet. Lo que sé es que tiene una cabezota enorme y sonríe como el puto Richard Nixon.

Yo necesitaba desesperadamente cambiar de tema. ¿Y por qué se llama Barney?

Sando se rio. Le puse el nombre por el padre de Eva. El tío cree que no sirvo para nada. Mi suegro no es capaz de devorarme, pero le gusta enseñar los colmillos de vez en cuando para recordarme quién es el jefe. Por eso le llamo Barney. Pero venga, vámonos para dentro que la marea está subiendo.

Loonie arrojó la tabla al suelo. ¿Por qué coño nos has traído aquí?

Para que os hagáis hombres, dijo Sando. Creía que teníais huevos suficientes. Sois matagigantes, ¿no? Que vais diciendo por ahí que surfeáis olas de dos metros y medio fuera de la Punta.

Lo hicimos, dijo Loonie. Y tenemos testigos.

Eso decís. Y a lo mejor lo hicisteis. Pero, caray, Loon, ¿no estabas *asustado*?

Vete a cagar.

Yo sí lo estaba, dije en voz baja.

Al menos tú dices la verdad, Pikelet. Pero ¿de qué tenías miedo? ¿Del agua sobre la arena? ¿De que se te metiera agua salada en la nariz? ¿Qué cosas te pueden dar miedo si surfeas fuera de la Punta?

Eran olas de dos metros y medio, joder, dijo Loonie. ¡De tres metros!

Sando se limitó a soltar un bufido. Se dio la vuelta, fue corriendo hacia la orilla y se lanzó al profundo y revuelto desagüe de la corriente de resaca. Vimos cómo se abría paso hasta el hondo canal que fluía hacia la rompiente. Iba remando con aire despreocupado; hacía el pato cada vez que se encontraba con una línea de espuma y luego se sacudía el agua del pelo.

Es todo un cuento, dijo Loonie. Quiere acojonarnos.

Me encogí de hombros.

Nos está llamando nenazas.

Puede ser, dije.

Se piensa que nos vamos a quedar aquí sentaditos como dos chicas.

Chicas o no chicas, yo me proponía hacer exactamente eso: quedarme sentado en la playa, bien seguro y bien calentito, y observar cómo Sando se las tenía tiesas con Barney. De hecho, ya había empezado a pensar en lo que tendría que hacer si Barney se lo comía y en si sería capaz de poner en marcha el motor fueraborda. Conducir la Combi presentaría algunos problemas, pero imaginaba que podría ir solventándolos uno por uno. Pero antes de que pudiera aclararme las ideas, Loonie cogió su tabla soltando un ahogado grito de furia y echó a correr hacia el agua. Pocos minutos después, infeliz y aterrorizado, seguí sus pasos.

Y así fue como surfeamos por primera vez en Barney's. Loonie cogía las olas enrabietado y yo le seguía, con la boca seca y temblando de miedo, hasta que la excitación de surfear las olas nos inmunizó contra nuestros peores terrores.

La ola de Barney's no era muy grande pero sí era muy larga y perfecta: azul, transparente y hueca. Era como esas olas de las revistas y nosotros la estábamos surfeando. Loonie y yo rivalizábamos por superar al otro, hacíamos el despegue lo más tarde posible, descendíamos con la estudiada indolencia que le habíamos copiado a Sando, y luego nos deslizábamos por el tubo fulgurante que iba formando cada ola. En el interior del tubo, nuestras voces rebotaban y nos llegaban amplificadas y mucho más graves, como si fueran las voces de hombres adultos. Nos sentíamos poderosos y mucho mayores. Una detrás de otra, salíamos aullando de júbilo de la garganta de la ola, y ya no creíamos que existiera el tiburón. Fue un día inolvidable.

Durante meses surfeamos en Barney's con Sando antes de que se desvelara el secreto. Por lo visto, algunos surfistas chismosos del grupito de Angelus nos siguieron, encontraron las rodadas del remolque y vieron la furgoneta aparcada. Pero incluso cuando nos descubrieron había más surfistas mirando desde la playa que remando mar adentro. Sobre todo, desde que, una mañana de primavera, Barney apareció como un submarino en la superficie del canal, se tendió de costado junto a Loonie y le clavó la mirada con un terrible ojo negro antes de volver a desaparecer.

Ese ojo, dijo Loonie, era como un puto agujero el universo.

Fue lo más cerca que estuvo jamás de la poesía. Le envidié el momento que la había propiciado y la historia que llevaba aparejada.

Volviendo a casa tras el primer día en Barney's, radiantes de alegría y con los huesos molidos, fuimos repasando la mañana ola por ola, contrastándolo todo con nuestra propia incredulidad. Hubo acuerdo en que Loonie había cogido la ola del día. Fue una bestialidad. Yo iba remando por el canal cuando Loonie se puso en pie sobre la tabla. La ola fue elevándose, su cresta se lanzó hacia delante y sencillamente se lo tragó. Le oí gritar de júbilo y de terror y solo pude verlo intermitentemente mientras se deslizaba bajo las fauces envolventes de la ola. No era más que un destello borroso, espectral. Cuando por fin salió de la ola y pasó a mi lado, volvió la vista hacia el monstruoso ojo dilatado del tubo y le hizo una peineta.

Caray, ojalá tuviéramos una cámara, dijo más tarde cuando traqueteábamos por el bosque. Era demasiado buena para ser verdad. Debería tener una foto.

No, dijo Sando. No necesitas una foto.

Pero así podría enseñarla y demostrarlo.

No tienes que demostrar nada, dijo Sando. Tú estabas allí.

Bueno, al menos vosotros dos lo habéis visto.

Doy fe, dije.

Pero no se trata de que lo hayamos visto o no, dijo Sando. Es algo que tiene que ver solo contigo. Es algo entre el mar y tú. Entre el planeta y tú.

Loonie soltó un gruñido.

Eso son paridas de hippies, tío.

¿Tú crees?, contestó Sando, indulgente.

Tú lo puedes decir porque tienes montones de fotos que demuestran que lo hiciste. Honolua Bay, tío. Vaya pasada.

Todo eso son tonterías, dijo Sando. Solo un tonto se puede creer eso.

Claro, para ti es muy fácil decirlo.

Sando se quedó callado un instante.

Ya lo iréis descubriendo, dijo por fin.

Loonie se golpeó el pecho en la estrecha cabina de la Combi.

¿Descubrir? Pero ¿qué dices, tío? Yo ya lo *sé*.

Me eché a reír, pero Sando no se inmutó.

Hijo mío, dijo, al final es un asunto entre la ola y tú. Ahí dentro estás demasiado ocupado en salvar la vida como para fijarte en si hay alguien que te observa.

Escucha, tío, contestó Loonie procurando mantener el tono bravucón, no entiendo en qué puto idioma estás hablando.

Cuando estás ahí dentro, estás pensando: ¿saldré vivo de aquí? ¿Soy capaz de hacer esto? ¿Sé lo que hago? ¿Soy lo suficientemente bueno? ¿O solo soy un tipo… corriente?

De pronto me quedé sin aliento, con la vista fija en la luz fragmentada que se filtraba a través de los árboles.

Al final te acabas enfrentando a eso, dijo Sando, cuando la ola es realmente peligrosa.

¿Y qué se siente?, murmuré.

¿Qué se siente cuándo?

Cuando la cosa se pone seria.

Ya lo verás.

Por ejemplo, si son de seis metros, dijo Loonie, ahora en tono más comedido.

Pues te alegras de que no haya una jodida foto. Cuando lo logras, cuando sigues vivo y has llegado al final de la ola, sientes un calambrazo eléctrico. Te sientes *vivo*, despierto del todo y todavía dueño de tu cuerpo. Tío, es como si sintieras la mano de Dios. El resto es solamente deporte y distracción. Pero lo que buscas es la mano de Dios.

Hombro con hombro en la cabina, Loonie y yo intercambiábamos ojeadas furtivas. Sando nos estaba dando una lección y apestaba a la tiza de la pizarra cuando se ponía a soltar sus parrafadas, pero mi mente no paraba de dar vueltas. Yo ya había empezado a plantearme aquellas cosas solo y sentía la atracción de su lógica. ¿Podía decir que yo era un tipo de verdad? ¿Era capaz de hacer algo realmente difícil, o era simplemente uno más del montón, un tipo corriente? Podría apostar mi vida a que Loonie estaba pensando exactamente lo mismo a pesar de su aparente desdén. Todavía no lo sabíamos, pero ya nos imaginábamos en una vida distinta, en otra sociedad, en un estado superior para el cual ningún muchacho tenía suficientes palabras ni experiencias para describirlo. Nuestras mentes ya habían salido en busca de todo eso y habíamos dejado atrás todo lo que fuera corriente.

Cuando empezó el siguiente curso escolar no paraba de quejarme, pero en realidad no me importaba volver a clase. Aquel verano ya no hubo más olas, ni por tanto oportunidad de ponerme de nuevo a prueba, así que los días empezaban a hacerse tediosos. A la semana de empezar el curso redescubrí los recovecos y los pasillos de la biblioteca del instituto. En Sawyer no había nada que se le pareciera, y la única colección de libros que yo había visto estaba en casa de Sando. En mi primer año de instituto me había puesto a leer como si hubiera encontrado un refugio, pero en el segundo año se convirtió en un placer por derecho propio.

Empecé con Jack London porque reconocí el nombre que había visto en los estantes de Sando. Después de haber visto en la televisión a Gregory Peck cojeando por la cubierta de popa, intenté leer *Moby Dick*, aunque no puedo decir que llegara muy lejos. También encontré libros sobre Mawson y Shackleton y el capitán Scott. Leí la crónica de la expedición de Amundsen al Polo Sur en dura competencia con los ingleses, donde la crueldad con los animales le había permitido desmarcarse. Intenté imaginarme al noruego comiéndose a los mismos perros que lo habían llevado hasta el Polo Sur, y en ello había algo cruel y al mismo tiempo valeroso que me seducía. Leí sobre comandos británicos, sobre la Resistencia francesa, sobre la dificilísima tarea de desactivar explosivos. Descubrí a Cousteau y luego a marinos escritores que recreaban las travesías de la Antigüedad a bordo de balsas de cuero y bambú. Leí sobre Houdini y sobre tipos que se hacían disparar desde la boca de un cañón o que eran arrojados a las cataratas Niágara metidos en un barril. Me empapaba de vidas que no tuvieran nada que ver con lo corriente, con hombres que en las circunstancias normales de la vida doméstica siempre serían considerados raros, temerarios, desequilibrados. Y cuando no pude pasar de las primeras dieciséis páginas de *Los siete pilares de la sabiduría*, creí que el fallo era mío.

Fue allí, en los estantes de libros, donde encontré a la chica que, sin consultarme nada, decidió que yo debía ser su novio. Era una chica de granja de una región situada más al este y se hospedaba en el horrible hostal. Igual que yo, iba a la biblioteca a huir de su vida, pero ella ya llegó allí con la costumbre de leer adquirida. Se llamaba Queenie. Era guapa, tenía el pelo trigueño y los hombros casi intimidatorios de una nadadora profesional, y había en ella muchas cosas atractivas, pero sospecho que solamente me gustaba porque yo le había gustado primero. A pesar de que hice muy poco por estimular ese interés tan inexplicable, de algún modo me acostumbré a él y hasta llegué a darlo por hecho. Ella ponía a parir mis libros de hazañas viriles, y yo me burlaba de sus historias sobre niñas inválidas que se enfrentaban a la cruel adversidad de la existencia con la ayuda de animales inverosímilmente inteligentes.

A la hora de comer no quedábamos directamente, sino que manteníamos la misma órbita en la biblioteca, y aunque no tuviéramos mucho que decirnos, nunca nos separábamos demasiado el uno del otro. Al cabo de un mes, cuando la clase decidió —tal como ocurrían las cosas en aquellos tiempos— que Queenie y yo éramos pareja oficial, dos cadetes del ejército que iban un curso por delante del nuestro hicieron el anuncio solemne, ante toda la sección de no ficción de la biblioteca y usando un volumen de marcha militar, de que Queenie Cookson tenía unas tetas estupendas. En consecuencia, la pobre chiquilla corrió a encerrarse en el baño y me dejó al cuidado de un libro sobre la sordociega Helen Keller. Noté que me ponía rojo como un pimiento —más por el reconocimiento que por vergüenza— puesto que aquellos gilipollas tenían toda la razón, a su manera brutal, sobre un asunto al que yo casi no había prestado atención. Sí, Queenie Cookson tenía unas tetas estupendas. La noticia en sí misma ya resultaba sumamente incómoda, pero ¿cómo se suponía que tenía que reaccionar yo después de que el asunto se hubiera hecho público en la biblioteca? ¿Debía dar un paso al frente y defender el honor de la chica y después abrirme paso a trompadas hasta la puerta? ¿O relajarme y regodearme en secreto con la parte de gloria que me correspondía? Ninguna de las dos opciones era mi estilo. Así que me quedé quieto, ruborizándome, hasta que de pronto se hizo evidente que Queenie iba a tardar mucho en volver. Así que dejé el libro de Helen Keller y volví con aire tan despreocupado como me fue posible a las hazañas de Douglas

Bader, el piloto sin piernas de la RAF. Sabía que había fracasado en una prueba cuyas reglas todavía no conocía bien.

❖

A comienzos de otoño, cuando empezaron a llegar las primeras marejadas del sur, Loonie se rompió un brazo. Estábamos haciendo el tonto en un lugar llamado The Holes, más o menos a la mitad de los acantilados que llevaban a Old Smoky, y Loonie se había pasado la mañana desafiándome a que yo le desafiara a hacerse escupir por un respiradero de agua como si fuera uno de los aventureros locos de mis libros. El tipo había perfeccionado la técnica de darte por saco. Te machacaba con tanta constancia y durante tanto tiempo que por pura rabia y pura desesperación acababas desafiándole a hacer algo que no tenías ningún interés en que hiciera. Además, al final acababas retándole con tan malas pulgas que él se sentía verdaderamente insultado, de modo que su indignación le impulsaba a ser más estúpido y más temerario de lo que se había propuesto en un principio.

Hacerte escupir por un respiradero de agua es un acto más tonto que peligroso, y nuestra hazaña fue de lo más ridícula. Por fortuna no había orificios de ventilación lo suficientemente anchos como para que Loonie se metiera en su interior, así que tuvo que sentarse sobre un agujero de unos treinta centímetros a esperar a ver qué pasaba. A lo largo de la repisa de basalto que se alzaba frente al mar los respiraderos chupaban el agua del mar y la hacían borbotear como en un caldero, y cada vez que una ola se estrellaba contra la base de la plataforma se producía una pausa ominosa antes de que todas las grietas y agujeros empezaran a gemir al unísono. Cuando una buena serie chocaba contra la base del acantilado, los estallidos de espuma podían hacerte caer de culo. Además, el vapor tenía un olor apestoso. Yo me mantenía lejos de los agujeros por miedo a que el reflujo me atrapase. No soportaba la idea de ser engullido por la garganta negra que me arrastraría hasta las tripas retumbantes de las cuevas marinas que había abajo. Prefería ser devorado vivo por Barney.

Al final, la desgracia de Loonie resultó ser más una deshonra que un desafío a la muerte. Se sentó sobre el agujero con una sonrisa de demente, pero en vez de salir despedido hacia el cielo, fue escupido en sentido horizontal a través de las rocas. Vino directamente hacia mí, moviendo desesperado las piernas, con la camiseta hinchada como si fuera un chaleco salvavidas y con la mata de pelo blanco que se le metía en los ojos y le impedía ver hacia dónde iba. Me aparté de un salto. El pie se le enganchó en la pernera de mis pantalones cortos y salió fulminado hacia las rocas con el doble de fuerza que lo había impulsado al principio. Cuando al fin se puso en pie tenía el brazo descoyuntado. Nos costó la misma vida llegar a la Punta.

Tuvimos la suerte de que Eva estuviera en casa. Eso me salvó de tener que llevar yo solito a Loonie en bicicleta hasta el pueblo. Se desmayó dos veces en la cabina de la Combi mientras Eva trataba de disimular que disfrutaba con esos episodios.

Tres semanas más tarde, la fractura de Loonie le impidió surfear en Old Smoky. Y eso cambió las cosas entre nosotros de una manera que ninguno de los dos podría haber anticipado ni tampoco entendido.

Durante aquel verano recién terminado, cuando estábamos impacientes por ponernos a prueba, el mar estaba siempre plato. Buceamos con Sando más de lo que llegamos a surfear con él. Los días de calor asfixiante nos llevaba más allá de la Punta hasta las remotas grutas marinas de los acantilados. Por encima de todo, Sando quería poner a prueba la resistencia de nuestros pulmones, pero a nosotros nos gustaban las expediciones en busca de cosas comestibles. Con Sando a nuestro lado, buceábamos hasta meternos en las profundas grietas de granito para arrancar conchas de abulón, y cada vez descendíamos a mayor profundidad, hasta el punto de que muchas veces resistíamos bajo el agua más tiempo que él. No sé si Sando nos dejaba ganar por razones que solo él conocía, pero el caso es que Loonie y yo nos habíamos preparado para aprovechar al máximo el aire que podíamos acumular en los pulmones. En materia de buceo a pulmón sabíamos muy bien lo que hacíamos, y buscar conchas de abulón nos resultaba infinitamente más divertido que tendernos en el fondo del río con los brazos agarrados a la viscosa raíz de un árbol. En el mar había montones de cosas que te hacían olvidar el dolor que te oprimía el pecho. Valía la pena soportar la visión borrosa y los zumbidos espantosos en el cráneo si podías perseguir a un pez sobón azul hasta su guarida. Había días que volvíamos por el promontorio cargados con un pescado de veinticinco kilos y una bolsa llena de conchas de abulón, y por la tarde nos dedicábamos a filetear el pescado y a abrir las conchas a la sombra del gran árbol de Sando. Mientras trabajábamos le apremiábamos a que nos contara cosas de Old Smoky. Al principio no quería hablar de las olas gigantes, pero le insistimos tanto que empezó a suministrarnos algunas pistas, siempre a su manera elíptica y reservada. Eso nos volvía locos, pero nos tenía fascinados.

Desde el primer momento, Loonie estaba empeñado en surfear en Old Smoky. Estaba convencido de que ya estaba preparado. Yo no estaba tan seguro de estarlo. El arrecife se extendía a una milla de la costa en un tramo especialmente salvaje, y por lo que yo había podido ver, las olas eran enormes. Cada vez que llegaba una marejada capaz de hacer romper aquella ola, era imposible manejar una barca en un área de veinte millas, así que la única forma de acceder era cruzar una senda a través del bosque que llevaba desde la Punta hasta los acantilados, y luego descender por la pared de roca hasta lanzarte al agua. Si queríamos surfear la ola, tendríamos que saltar al agua desde un acantilado azotado por la tormenta y luego remar una milla. La idea de hacerlo me daba miedo y al mismo tiempo me tenía hechizado, y cuanto peor lo pintaba Sando, más difícil se hacía resistirse.

Cuando vio que nos tenía enganchados, Sando dejó de mostrarse evasivo. Desplegó cartas marinas de la zona y nos explicó que el lecho del mar se elevaba desde la placa continental y que la batimetría de Old Smoky era muy violenta, ya que el agua se levantaba literalmente desde el fondo y se volvía del revés. También nos hizo croquis con la configuración del lugar, y nos mostró las referencias en tierra por las que teníamos que guiarnos para encontrar la zona de impacto, o la seguridad del profundo canal que discurría en paralelo.

En realidad es todo muy fácil, nos dijo. Cuando eliges la ola correcta ya has hecho la mitad del trabajo, pero si haces mal el cálculo, si intentas cogerla demasiado dentro en el arrecife, entonces vas a tener más problemas que los primeros colonos que llegaron aquí.

Y un día nos llevó allí. Era un tórrido día de febrero. El océano era un espejo. Desde enfrente de la casa de Sando fuimos en un bote neumático por el estuario, pasamos el bote por encima de la barra, cruzamos la despejada bahía, doblamos por la Punta y nos dirigimos hacia el oeste en dirección a los acantilados. El pie de los acantilados estaba en calma, los respiraderos dormían en paz.

Cuando llegamos a Old Smoky, todo estaba tan tranquilo que desde el bote apenas se veía nada. Sando nos recordó los puntos de referencia que debíamos tomar: en aquel caso, la posición de los árboles costeros coincidía con una franja de piedra caliza en la base del acantilado más expuesta al mar. El arrecife no era más que una leve sombra por debajo de nosotros.

Está muy hondo, dije en voz baja.

No te parecerá tan hondo desde la cresta de una ola de seis metros, dijo Sando. Pero de todos modos vamos a calcular la profundidad. Será la tarea para hoy.

Largamos el ancla en el agua purpúrea del canal y diez brazadas de soga cayeron serpenteando hasta el fondo. Solo llevábamos caretas de buceo, sin aletas. Vimos a Sando zambullirse el primero y bucear hasta el arrecife. Loonie y yo nos lanzamos al agua un instante después.

Los bajíos de Old Smoky, que se elevaban de forma

abrupta desde el lecho marino, eran como un edificio sumergido con las ventanas abiertas, todo rebosante de pintadillas, peces arlequín y espartanos. En la columna de agua que quedaba por encima de nosotros, cardúmenes de chopas blancas giraban en círculos incesantes. Como Sando nos estaba vigilando y como nos veíamos capaces de hacerlo, descendimos mucho más abajo que él, para hacernos una idea del lugar y de todas las historias que nos fascinaban. Batíamos los pies desnudos y adoptábamos la mejor forma para deslizarnos por el agua, vaciando los pulmones a medida que descendíamos. En las bocas de las grutas marinas había langostas del tamaño de un perro ovejero. A los diez metros de profundidad, mi mano topó con un asidero en la roca y me di la vuelta: Sando era una estrella negra cerca de la superficie. Loonie se deslizó a mi lado y se agarró también.

Los dos aguantamos allá abajo todo lo que pudimos, atrapados como estábamos por nuestra vieja rivalidad, sonriendo como dos locos con los tubos de respiración mientras el mar rechinaba y crepitaba a nuestro alrededor. Fueron llegando peces, al principio curiosos y después intranquilos porque no mostrábamos ninguna intención de movernos de allí. Al final se largaron entre los destellos y las manchas que surgían en los márgenes de mi visión.

✻

Los primeros frentes fríos llegaron cuando el agua todavía estaba caliente. Nos pasamos casi dos semanas analizando mapas del tiempo y vigilando una serie de tormentas subantárticas, confiando en que una de ellas pudiera desviarse hacia el norte y venir hacia nosotros; o en todo caso que convergieran dos y empezaran a avanzar en nuestra dirección para hacer que Old Smoky rompiera. Sando nos contó que el mejor mar de fondo llegaría antes que los frentes fríos y que las olas no eran más que flujos de energía creados por acontecimientos que tenían lugar más allá del horizonte. Yo intentaba imaginar estas ondas de choque que se dirigían hacia nosotros como presagios de alteraciones que aún no se podían percibir a simple vista. Igual que Loonie, estaba emocionado y nervioso, aunque había algo irreal en el lío de los preparativos para unas tormentas que aún nos parecían demasiado abstractas.

En aquellas semanas previas a la Pascua, Sando tenía un aire solemne y pensativo. Íbamos a su casa en bici y luego nos quedábamos una hora sentados en los escalones mientras él practicaba sus ejercicios de yoga y Eva nos fulminaba con la mirada desde la puerta abierta. Procurábamos no molestar. Sabíamos que Sando iba todos los días a los acantilados con los prismáticos, que estaba vigilando y esperando mientras nosotros estábamos en el instituto, y que debajo de su casa tenía preparadas unas tablas enormes y puntiagudas para olas grandes. Lo único que podíamos hacer era esperar.

Mis padres no tenían ni la menor idea de los preparativos en los que me había embarcado. Imagino que habían aceptado lo que yo les había contado: que Sando era un tipo que nos llevaba en la furgoneta de vez en cuando y para el que hacíamos algún que otro trabajillo ocasional. No sé si se creyeron o no esa historia, el caso es que nunca la cuestionaron. La verdad es que no eran personas desconfiadas, como sí lo era el padre de Loonie. Este ya había catalogado a Sando y a Eva como hippies holgazanes y drogadictos y le había prohibido a su hijo que fuera a visitarlos, pero Loonie —que era muy bueno borrando las huellas de sus pasos y que además era un mentiroso invencible— nunca fue la clase de chico que se dejara mandar por nadie. Los fines de semana dormía en nuestra casa, y a pesar de sus sonrisas taimadas, yo sabía que le gustaba la forma tranquila en que mis padres se ocupaban de las cosas. Incluso le gustaba la costumbre humillante que tenía mi madre de entrar por las noches a nuestra habitación para meternos en la cama. Supongo que echaba de menos la vida doméstica que no había podido disfrutar en su casa, aunque a veces parecía estar actuando. Pero si pasaba varios días a la semana con nosotros, podía escapar a las brutales explosiones de ira de su padre, y al mismo tiempo evitaba su vigilancia, ya que Sando tenía la costumbre de pasar a recogernos por mi casa.

Si mis padres hubieran llegado a descubrir para qué cosas me estaba preparando Sando, dudo que se hubieran mostrado tan confiados. En aquella época, la idea de que un adulto pasara tanto tiempo con adolescentes no les habría preocupado ni a ellos ni a nadie, pues todos nuestros temores y fobias actuales eran aún cosa del futuro; pero si hubieran sabido que nos estaba entrenando para llevarnos al mar abierto y saltar desde los acantilados hacia las olas en medio de la marejada —cosa que nos pondría en evidente peligro—, eso habría sido una cosa muy distinta. Tal vez era una irresponsabilidad por parte de Sando prepararnos para esa aventura. A nuestra edad todavía no estábamos físicamente desarrollados, éramos demasiado pequeños para enfrentarnos con garantías a lo que íbamos a hacer, y encima lo hacía sin la autorización de nuestros padres. Estoy seguro de que en otra época lo habrían considerado un tipo temerario e insensato, pero si uno piensa en las actividades autorizadas por los institutos y por el Gobierno de aquel tiempo, las expediciones de Sando parecían muy poca cosa. En el caso de que hubiéramos sido cadetes del ejército, habríamos tenido que quedarnos en el instituto después de clase y aprender a disparar con morteros y ametralladoras, a poner trampas explosivas y a matar a desconocidos en combates cuerpo a cuerpo, tal como hacían algunos chicos que conocíamos y que se preparaban para ser una clase de adultos que no parecían haberse enterado de que ya había terminado la guerra de Vietnam. Sando excitaba un tipo de fantasía adolescente y el Estado se dedicaba a explotar otra clase de fantasía. Eva tenía razón: éramos los ilusos discípulos de Sando, pero en los años sesenta y setenta, cuando éramos jóvenes, había montones de cultos y sectas distintas; si algo había en aquella época, eran sectas.

✳

Resultó que Loonie tenía aún el brazo enyesado el día que Sando vino a buscarnos.

Nos despertamos por la noche con el retumbar de las olas pero ninguno de los dos dijo nada. Si el día señalado iba a ser a la mañana siguiente, solo uno de nosotros podría meterse con Sando. Después de despertarnos, nos quedamos tumbados sobre la cama durante horas, sin decir nada, y cuando oímos la furgoneta traqueteando por la carretera de la costa, nos vestimos a toda prisa y salimos a escondidas de la casa. Pero al final del camino embarrado por el que la Combi avanzaba petardeando y sofocándose, Loonie giró hacia la calle oscura.

¿Qué está haciendo?, gritó Sando mientras bajaba la ventanilla.

Me encogí de hombros, aunque ya me lo imaginaba.

¿Ni siquiera quiere venir a verlo?

No, dije, no quiere.

Venga, sube.

Seguimos a Loonie con las ventanillas bajadas. El aire era glacial y parecía que todo Sawyer seguía durmiendo.

Eh, Loonie, dijo Sando cuando redujimos la velocidad para avanzar a su ritmo. ¿No vas a venir a ver a tu amigo?

¿Para qué? ¿Para arruinar tu mágico momento hippy?

No seas gilipollas. Venga, vente y así aprenderás.

Oh, sí, claro, la madre que te parió. Perdiendo el culo voy a ir...

Al menos podrías darle ánimos a tu amigo.

¿Para qué? Es un puto gallina.

Venga, hombre, no seas capullo.

Vete a tomar por culo, entrenador.

Sando soltó una risita amarga y desilusionada, pero Loonie continuó caminando. Pensaba que Sando iba a insistir un rato más hasta convencerlo, pero subió la ventanilla y se alejó de allí. Al principio me quedé de piedra, pero al cabo de unos minutos noté cómo me llegaba el impacto de la humillación. Loonie tenía razón: yo no estaba preparado. De todos modos, no me podía creer que se hubiera atrevido a soltarlo así como así y justo delante de Sando. Alargué el cuello buscando un destello de su cabellera blanca, pero había desaparecido en la oscuridad. Había tres tablas amarradas en la zona de carga. Eran Brewers, grandes y hermosas. ¡Tres tablas! Era como si Sando hubiera traído una más como un gesto de deferencia hacia Loonie.

Sí, soy un gallina, dije.

No seas bobo, dijo Sando. Todo el mundo es un gallina. Justo por eso hacemos estas chorradas.

¿Tú crees?

Sí, amigo, para mirar al miedo cara a cara. Para sentirlo, para comerlo. Y para cagarlo después con un enorme grito de aleluya.

Se echó a reír. Y yo me reí porque él se reía, y para ocultar mi miedo.

Cuando llegamos al otro lado de la Punta, la bahía estaba cubierta de espuma y envuelta en agua pulverizada. La fuerza con que el oleaje rompía en la orilla sobrepasaba la barra y se derramaba sobre el estuario. El océano sonaba como un campo de batalla; el fragor incesante se oía incluso por encima del ruido de la furgoneta.

Sando llevó el vehículo con cuidado por la pista hasta la última loma. Iba despacio pero yo no tenía ninguna prisa. Cuando apagó el motor, el ruido del mar se hizo aterrador. Cogió los prismáticos mientras yo miraba hacia el sur bajo la luz del amanecer. Más allá de la barahúnda al pie de los acantilados, el océano estaba inexplicablemente tranquilo. Soplaba una ligera brisa de tierra que nos llegaba por la espalda, lo que significaba que la tormenta estaba a un día de distancia. Los primeros rayos de sol reverberaban en el agua con un resplandor benigno, y durante unos minutos no hubo casi nada que ver, lo suficiente como para que una fugaz sensación de alivio se apoderara de mí. En aquel momento creí que podría librarme de todo. Pero entonces vi en alta mar, a eso de una milla, un súbito destello blanco. Una columna de vapor salía escupida del saliente del arrecife como el polvillo que sale despedido de un convoy de camiones forestales, y al cabo de un segundo nos llegó el ruido. Y era un ruido capaz de anular todo rastro de iluso bienestar en la mente de un chico.

Bueno, Pikelet, dijo Sando, parece que hoy nos vamos a tener que mojar.

Yo casi no podía con el peso de la Brewer amarilla. Medía tres metros y no me cabía bajo el brazo delgado, así que tenía que llevarla en equilibrio sobre la cabeza, tal como hacían los pioneros en los tiempos de las tablas de madera y la película *Chiquilla* y las quillas en forma de «D». Los matorrales que nos rodeaban desprendían aromas a pimienta y por todas partes revoloteaban los pájaros mieleros. Fuimos caminando hacia el oeste, donde todos los peñascos estaban recubiertos de líquenes. Sando iba delante. Casi no hablábamos. Yo miraba los flexibles músculos de su espalda desnuda. Llevaba el traje de neopreno bajado hasta la cintura y las mangas del traje chocaban contra sus muslos.

Tuvimos que caminar una media hora. Yo estaba tan alterado por lo de Loonie que durante un buen rato me olvidé del miedo que sentía. Si yo hubiera tenido el brazo roto habría venido a mirar las olas, tanto por gratitud por haberme invitado como por un sentimiento de camaradería, y desde luego no me habría puesto a llamar gallina a nadie: a nadie, ni amigo ni enemigo. Pero no tenía la suficiente edad para saber que, si llamas gallina a alguien, lo haces porque te sientes en terreno seguro, ya que conoces bien tu propio valor o posees una fe ilusoria en tu propio coraje. Y Loonie poseía una confianza absoluta en sí mismo. Desde entonces lo he juzgado a menudo como el inagotable poseedor de una inútil valentía física, y esta característica diferencial lo distorsionaba de algún modo ante mí, me impedía juzgarlo con mayor sutileza. Pero ahora que soy mayor miro retrospectivamente a Loonie con confusa tristeza. Él era una presencia real, pero no era tan amigo mío como yo me creía, y quizá aquella mañana marcó el inicio de nuestro distanciamiento, porque a pesar de que yo seguía sintiendo admiración por él, lo odié por haber dicho lo que había dicho. Pero quizá aquel día estaba en deuda con él, porque cuanto más pensaba en su ataque de furia mientras caminaba detrás de Sando por las crestas del acantilado, más furioso me ponía yo. Y fue esa furia y nada más que esa furia la que me animó a seguir adelante y evitó que huyera de allí.

Bajo el azote del viento, fuimos bajando por una ladera llena de hierbajos; la neblina marina nos daba en la cara y cuando llegamos a un declive muy pronunciado tuvimos que ir pasándonos las tablas por turnos hasta que llegamos a una lengua rocosa que daba a una abertura batida por las olas. Nos quitamos las zapatillas y las arrojamos a las rocas de arriba. Sando no paraba de hablarme en voz baja, como si fuera un domador de caballos. En los intervalos entre las olas, la hondonada a nuestros pies se vaciaba dejando al descubierto un jardín colgante de algas y lapas. Pero cuando el agua regresaba, era una estampida verde que llegaba hasta el saliente donde estábamos. De vez en cuando, una ola se estrellaba contra la roca y se deshacía en una masa de espuma.

Saltar al agua es fácil, dijo Sando. Lo difícil es volver a tierra, y ahí es donde tendrás que concentrarte. Calcula la frecuencia de las olas y elige la más grande. Tienes que subirte a la espalda de la ola. Si no llegas hasta aquí, te quedarás a medio camino y la siguiente ola te aplastará contra los acantilados. Tienes que tener paciencia, Pikelet. Aunque tengas que esperar media hora, espera media hora. ¿Me has oído bien?

Dije que sí con la cabeza. La pierna derecha me temblaba; parecía separada del resto del cuerpo. El tamaño de las olas, la distancia de la remada, las sombra gigantesca del acantilado: todo me resultaba imposible de asimilar.

Observé a Sando mientras se colocaba la parte superior del traje de neopreno y cogía su enorme tabla Brewer de color naranja. Me pellizcó la mejilla y sonrió. El sol destelló en la barba y en los ojos; me fijé en los dientes, fuertes y blancos.

¿Sigues dispuesto a hacerlo?

Ya no podía ni hablar. Cogí la tabla y me puse a su lado, tiritando con el bañador puesto.

Mierda, dijo cuando un chorro verdoso de agua se estrelló a nuestros pies. Me pregunto qué estará haciendo hoy la gente corriente.

Dicho esto, mientras las olas chocaban contra nosotros, se lanzó al agua protegiéndose con la tabla como si fuera un escudo. Aterrizó suavemente y fue remando muy deprisa ayudado por el reflujo. Al poco tiempo ya había llegado a aguas profundas, lejos de las turbulencias de la orilla.

Miré las fauces del monstruo y esperé a que volvieran las olas. Sando se había sentado sobre la tabla y me esperaba. Las aves chillaban a mi espalda. Las rocas burbujeaban. De cada hendidura salían riachuelos y corrientes y láminas de agua hasta que de repente el oleaje volvió y Sando empezó a gritar y yo me agarré a la tabla y salté.

La remada mar adentro fue tan larga y tan desconcertante que se volvió una cosa casi abstracta. Yo me guiaba por las plantas amarillas de los pies de Sando y procuraba coger el ritmo. Media hora más tarde, cuando aún faltaban unos doscientos metros para llegar al arrecife, me senté sobre la tabla, a su lado. A nuestro alrededor reinaba una calma ilusoria. Quizá fue por el calor del sol y por el agotamiento y por el hecho de que habíamos remado a lo largo de un intervalo de calma, pero el caso es que empecé a sentirme tranquilo y feliz. Cuando la primera ola rompió en Old Smoky, toda esa seguridad se evaporó en un segundo.

Estábamos en aguas profundas, lo que permitía sentirse relativamente seguro dado el estado de las cosas, y yo aún no había asimilado del todo la escala de lo que estaba viendo. Pero al ver el tamaño de aquella cosa monstruosa que se elevaba por encima del arrecife, sentí que el miedo me atravesaba como si fuera un cuchillo.

Solo por el sonido del *spray* que surgía de la cresta de la ola se sentía puro terror; era un ruido como de acero que se desgarra. La ola alcanzó los bajíos y empezó a trasmitir una onda expansiva que impactó contra mi pecho.

Sando soltó un alarido de júbilo. Levantó los brazos y echó la cabeza hacia atrás. La ola iba creciendo de tamaño a la vez que gruñía cada vez más fuerte a medida que iba escupiendo su aliento contra la profundidad del canal, de modo que cuando llegó a nosotros era una corriente gigantesca que arrastraba una montaña de espuma.

¿Has tomado las referencias?

Sí, mentí.

Si hubiera tenido la más remota idea de hacia dónde tenía que ir, habría remado hacia los acantilados y habría subido por la pendiente hasta desaparecer de allí. Pero no veía nada que me pudiera servir de referencia, a no ser un peñasco gris que desaparecía con cada nueva arremetida de las olas.

Sando avanzó remando hasta el canal que pasaba rozando el arrecife, allá donde las olas se elevaban de forma prodigiosa pero aún no habían empezado a romper. Confuso y temeroso de quedarme solo, le seguí. Sando remaba y levantaba la vista, remaba y levantaba la vista, comprobando y reajustando la posición en todo momento. Cuando se aproximaba otra serie, me hizo señas para que me acercara. Al principio no pude ver nada más que unas líneas oscuras a lo lejos, pero luego esas olas dispersas se agruparon en una caravana que se dirigía hacia nosotros, aumentando de tamaño y de velocidad con cada segundo que pasaba. Y luego se convirtieron en olas distintas que rodaban y embestían de forma tan contundente que en un momento dado me vi mirando las montañas iluminadas por el sol. Uno sentía que toda la piel del océano se tensaba hacia atrás cuando llegaban, y era imposible resistirse a la idea de que aquellas olas iban a aplastarnos, incluso allí donde el hondo canal nos proporcionaba seguridad.

Muy cerca el uno del otro, dejamos pasar cuatro olas sentados sobre las tablas. Luego, Sando empezó a remar hacia la zona peligrosa. Yo me quedé allí; no quería ir a ningún sitio. Cuando llegaba la siguiente ola, Sando irguió la espalda, todavía sentado, y se fue elevando hacia el cielo sin cambiar de expresión. Durante un buen rato quedó oscurecido por el *spray* de agua, y cuando volví a verlo, estaba remando furiosamente hacia la trayectoria de la ola más grande que yo había visto en mi vida. Mientras aquel monstruo se iba acercando al arrecife, daba la impresión de que aquella pared llena de bultos había engullido a Sando a pesar de sus rápidos movimientos. Un instante después, la ola rompió —una masa de estrías resplandeciente soltando una montaña de espuma—, y entonces Sando se puso en pie y se dejó caer con las piernas dobladas hacia el abismo. Pese a la superficie irregular del agua, logró mantenerse erguido mientras descendía desde una altura de tres pisos, y cuando pasó por delante mío, capté un destello brillante en los dientes y vi que todo iba bien.

Cuando llegó remando hasta mí, estaba cantando. Me arrojó agua con las manos e intentó desestabilizarme. Los ojos le brillaban. Nunca lo había visto tan radiante.

¡Dios mío!, dijo riendo. Tienes que probarlo.

Prefiero mirar, dije jadeando por los nervios.

¿Qué?

Sí, dije, de verdad te lo digo.

Amiguito, estas olas no se ven todos los días.

No.

Nunca podrás perdonártelo.

Tal vez, contesté sin aliento.

Creo que puedes hacerlo, Pikelet.

Mmm...

Negué con la cabeza y me dejé mecer en mitad de las profundidades color púrpura del océano. Tenía un sabor amargo en la boca.

Montañas de agua procedentes del sur se abalanzaban sobre nosotros. Pasaban retumbando, dándose dentelladas, escupiendo toneladas de espuma, y la fuerza a medio consumir que dejaban a su paso tiraba de mis piernas metidas en el agua. Había tanta agua agitándose en aquel lugar, tanta acumulación de ruido y trepidaciones, que todo lo que ocurría pertenecía a una escala que escapaba a mi comprensión. Empecé a hiperventilar. Solo más tarde pude darme cuenta de que Sando no había dejado de vigilarme ni un solo segundo. Aunque se dio cuenta del ataque de pánico, no me tocó. Si tan siquiera se hubiera acercado, o si hubiera intentado coger la tabla para tranquilizarme, yo habría arremetido contra él. Estaba loco de terror, nos encontrábamos a una milla de distancia de la orilla, los dos solos, y ahora las cosas se habían puesto realmente feas. Pero él sabía muy bien lo que tenía que hacer.

Mira, dijo, vamos a tomarnos un descanso. No hay por qué hacer esto. Podemos intentar otra cosa.

No le miré: no podía apartar la vista del horizonte. Ahora estábamos en una pausa entre olas, pero eso no servía de nada. Vi que Sando empezaba a remar hacia el este, pero yo seguía mirando hacia el sur como si tuviera el cuello clavado en aquella dirección. Y de repente ya no estaba. No se le veía por ningún lugar del arrecife. Me había quedado solo. Sin nadie. El cuerpo se dio cuenta antes que mi mente. Me forcé a buscarlo con la vista. Estaba a unos cincuenta metros de distancia: se había ido a una zona segura, en aguas profundas, lejos del arrecife, y me estaba llamando y haciéndome señas. En su tono de voz no había señal alguna de alarma. Parecía casi aburrido. Había una tranquilizadora autoridad en su voz, una familiaridad que empezó a tirar de mí. Parecía tan tranquilo y cómodo sentado en la tabla, con las manos en los muslos y con los codos hacia fuera como si fueran las alas de una pardela, que empecé a sentirme doblemente en peligro allá en la rompiente. Estaba atrapado. Volví la vista atrás, hacia mar abierto. Dudaba que pudiera moverme. A lo lejos, Sando decía algo, no sé qué, y el miedo bullía en mi interior. Noté que mi respiración se había vuelto desagradable y agitada. La cabeza me daba vueltas. Y de repente me di cuenta de que estaba demasiado asustado como para quedarme allí. Fue como si hubiera arrojado una pelota contra mi propio pánico y la pelota hubiera rebotado hacia mí. Giré la tabla en la dirección de Sando, me tumbé y empecé a remar. Cuando llegué, casi no podía respirar.

Vamos a bucear, dijo como quien no quiere la cosa. A ver quién llega primero al fondo.

Sin decir nada más, se puso en pie sobre la Brewer y se lanzó al agua. Me senté sobre la tabla, aterrorizado, de nuevo solo. No podía soportar estar allí. Seguro que sabía que iba a ir detrás de él.

Allí había demasiada profundidad como para ver el fondo arenoso, sobre todo sin careta, pero pude distinguir vagamente las plantas de los pies de Sando mientras pateaba hacia abajo. Buceé tras él y al cabo de unos instantes alcancé una posición de deslizamiento casi en vertical que me calmaba. Estaba cargado de oxígeno desde que había hiperventilado y no tenía que hacer frente a la resistencia del neopreno, así que atrapé enseguida a Sando. La sangre me golpeaba las sienes. El pecho parecía que iba a explotar. Cada burbuja me producía un desgarrón. Me sentía como un cometa moribundo. Cuando me quedé sin velocidad y sin determinación, me puse en horizontal y al levantar la vista percibí el borroso perfil de Sando no muy lejos. Allá abajo, el mar se comportaba con su calma habitual, todo somnolencia y penumbra, familiar. Una especie de instinto animal me hizo volver sobresaltado a mi propio ser. Aquello solo era el mar, el agua. ¿Es que no sabía lo que tenía que hacer debajo del agua? Y poco a poco, al mismo tiempo que volvía la vieja necesidad de respirar, también regresó la confianza en mí mismo. Sabía lo que estaba haciendo. Yo tenía el control. Vi los imprecisos pulgares hacia arriba de Sando y me impulsé hacia la superficie. Salimos juntos fuera del agua, envueltos en un velo de agua y luz, y cuando empecé a inhalar el aire a unos pocos metros de las tablas, me invadió una oleada de calor y supe que todo iba bien.

Aquel día volví a la rompiente y surfeé dos olas. Con aquellas dos olas, mi experiencia como surfista se reducía a poco más de medio minuto, y de aquello apenas recordaba nada: solo instantes fugaces, detalles sueltos. El golpeteo entrecortado del agua contra la tabla. La ilusión momentánea de encontrarme al mismo nivel que los lejanos acantilados. El alivio sobrenatural de bajar la pared de la ola entre una neblina de agua pulverizada y adrenalina. Pero el recuerdo más intenso que tengo es el de haber sobrevivido: la sensación de haber sido capaz de caminar sobre las aguas.

Sando remó hasta mí y me cogió la mano como un hermano o un padre; yo le hablaba sin saber lo que decía. Me sentía inmortal y él simplemente se reía. Pero yo ya quería más. Deseaba una tercera ola para que ahora por fin todo fuera real.

Me quedé sentado en la tabla mientras Sando cogía la siguiente ola. Hizo que todo pareciera muy sencillo y de repente me pareció muy sencillo. Ni siquiera pude esperar a que volviera remontando a nuestra zona. Fui remando hasta el pico y en un instante de confianza exagerada me puse en la trayectoria de un monstruo del tamaño del ayuntamiento de Angelus. No me di cuenta de hasta qué punto había sobreestimado mis posibilidades hasta que me puse en pie y todo el edificio empezó a hincharse y a mutar por debajo de mí.

Durante medio segundo pude ver la sombra del arrecife muy al fondo. La pesada tabla se me escurrió de los pies como una hoja y me caí por la dura y despiadada cara de la ola, rebotando de un extremo a otro, incapaz de penetrar en la piel del agua. Estaba cayendo por una escalera, una que no parecía tener fin y que se derrumbó sobre mí y me arrojó hacia el cielo antes de volver a atraparme de nuevo para que el revoltijo de desechos me catapultara de cabeza hacia el arrecife, zarandeándome y zurrándome todo el rato. Salí disparado a través del bajío, rebotando y volando sin aliento y medio ciego, y cuando el arrecife se quedó atrás la turbulencia me arrastró hacia lo hondo tan deprisa que apenas tuve tiempo de compensar los oídos para salvar los tímpanos. Sabía que no debía luchar, pero casi estaba muerto cuando el mar me soltó. Salí a la superficie sofocado, sollozando y pataleando frenético como si pudiera seguir ascendiendo para alcanzar un oxígeno más puro.

Cuando Sando llegó, había podido recuperar la compostura, pero él lo había visto todo. Yo estaba a doscientos metros del lugar donde había cogido la ola y había perdido el bañador.

Vaya, dijo sonriendo, esta te ha dado un buen repaso.

Me hizo subir a la Brewer y no hizo ningún comentario sobre mi culo desnudo. Mi tabla era una mancha brillante que se veía a lo lejos. Me dejó descansar un rato y luego fue nadando a buscar mi tabla y cuando volvió me dijo que ya era hora de irse a casa. Remé detrás de él confiando en que no hubiera habido testigos.

Aquella tarde no fuimos a buscar a Loonie, aunque sabíamos que no tardaría en aparecer. Eva nos preparó hamburguesas de pescado y nos dejó charlar hasta que la fatiga se apoderó de nosotros y nos sumimos en un silencio atontado. El frente frío oscurecía el cielo cuando nos tendimos en las hamacas de la galería, donde el viento era insólitamente cálido. Yo estaba tan dolorido y tan soñoliento que cada dos por tres me quedaba dormido. El canto de las urracas y de los pájaros mieleros se transformaba en una conversación que tenía lugar en mi mente, una especie de cháchara que yo creía poder entender siempre que continuara nadando desde las profundidades del sueño hacia la vigilia.

Al atardecer, el perro ladró y Loonie llegó dando tumbos por los baches del camino. Por entonces ya había empezado a llover. Apartó al perro y dudó antes de cruzar el patio en dirección a la escalera de la veranda. Llevaba la escayola colgando sobre el pecho como si fuera un arma.

Sube, dijo Sando, no te quedes ahí parado bajo la lluvia.

Loonie no se movió.

No seas un puto mocoso, dijo Eva, bajándose de la hamaca.

Luego le lanzó una dura mirada con las manos en las caderas y entró cojeando en la casa, y solo entonces Loonie subió los peldaños y se quedó de pie frente a nosotros, apoyado en la barandilla de la veranda. El descolorido pelo blanco se le había quedado pegado al cráneo y el cabestrillo de algodón estaba chorreando.

Eva salió con una toalla. Él la cogió sin siquiera mirarla.

¿Cómo ha ido?, dijo.

Eva soltó un bufido y volvió a entrar en la casa. Cerró las puertas dando un portazo. Sando se quedó unos instantes mirando a Loonie y luego volvió a tumbarse en la hamaca y empezó a mecerse. Loonie me lanzó una mirada. La esquivé.

Llevo un montón de tiempo, dijo Sando, surfeando yo solo en ese sitio. Vigilándolo, esperando el mejor momento, guardando el secreto. Te parecerá extraño, pero ha valido la pena contar el secreto. Y la sorpresa fue que eso me hizo sentir bien. O sea, que tal vez lo mejor de tener un secreto es poder compartirlo. ¿Eh, Pikelet?

Sonreí al tiempo que me encogía de hombros.

¿Cómo de grandes?

Sando suspiró. Lo suficiente como para que fueran interesantes, dijo. Lo suficiente para arrancarle el bañador al niño prodigio.

Seis metros, dije.

Cinco, quizá. Cuando la cogiste, cinco. Máximo, cinco y medio.

Vaya, ha pillado olas, dijo Loonie sombrío.

Sí, dos, y lo hizo muy bien.

Loonie encajó el golpe sin pestañear.

Estaba cagado de miedo, dije. Y me llevé una buena tunda. Me acojoné.

Pero lo hizo, dijo Sando. Y logró hacer un poquito de historia.

Me llevó un tiempo asimilar lo que acababa de decir. Porque si Sando había sido el primero en surfear en Old Smoky, yo seguro que era el más joven. Pude ver que Loonie cavilaba sobre estas cosas justo delante de mí. Dio un manotazo a los dobladillos empapados del vaquero. Pretendía ser un gesto despreocupado, pero yo conocía muy bien a Loonie y sabía que no lo era.

Ya te llegará el momento, dijo Sando.

Loonie se encogió de hombros, como si no le importara en absoluto. Pero yo estaba seguro de que ya había empezado a hacer planes. Calculó lo que tenía que hacer. Ahora ya no podía ser ni el primero ni el más joven, o sea que tendría que ser el que se atreviera a llegar más lejos. Tendría que hacer lo que nadie más había hecho.

Aquel otoño solo fuimos dos veces más a Old Smoky, y las dos veces Loonie se quedó mirando en los acantilados, amargado, pero a mediados del invierno por fin tuvo su oportunidad. Salió con nosotros una mañana gris y sin viento, con un poderoso oleaje del sudeste, cuando una malla de niebla cubría los acantilados. Al bajar por las rocas oí voces, y después de saltar al agua e iniciar la remada, vi que algunos tipos del grupito de Angelus nos habían seguido. Loonie quería tener público y por eso les había dado el soplo. Sando no dijo nada mientras remaba mar adentro, pero la rabia era palpable. Ahora Loonie tendría que dar el todo por el todo.

Pero aquel día —de eso no me cabe duda—, Loonie logró establecer una marca. Hizo mucho más que ponerse a prueba: surfeó como alguien que no cree en la existencia de la muerte. Ya no exhibía la sonrisa de loco. Remaba furioso hasta el pico y no daba tregua. Allí las olas eran de seis metros, o quizá más, y él se metía mucho más tarde y mucho más adentro que cualquiera de nosotros, sin rajarse en ningún momento. Surfeaba los monstruos de vientre negro medio agachado, con los pies bien separados, mientras Sando y yo soltábamos gritos incrédulos de júbilo. Aquel día, Loonie superó todo lo que habíamos hecho. Estoy seguro de que tenía miedo, pero poseía la fría determinación de un muchacho obsesionado con una idea. No es que fuera invulnerable o especialmente elegante, ya que se llevó unas tundas tremendas cuando intentaba hacer lo imposible, pero por cada ola que lo derribaba conseguía surfear dos monstruos igual de escalofriantes. Tenía quince años. No solo se enfrentó a Old Smoky, sino que la dominó. A partir de ese día, Loonie fue el referente. Sando y yo no podíamos hacer otra cosa que observarlo admirados. Y cuando volvimos a tierra, allí estaban los de Angelus, difuminados entre la niebla de los acantilados, incapaces de creer lo que habían visto.

❊

Y así empezó a funcionar aquel trío improbable. Éramos un club selecto y peculiar, un círculo diminuto de amigos, sin duda una especie de secta. Sando y sus aprendices demoníacos. Muy poca gente llegó a saber lo que hacíamos allá lejos, frente a los acantilados. Al fin y al cabo, era una conducta que desafiaba todas las normas de la lógica. Pero entre la pequeña comunidad de surfistas que había en aquellos años en aquella parte de la costa, disfrutábamos de cierta fama clandestina. Poco a poco nos vimos envueltos en una aureola especial y poníamos una especie de solemnidad en todo lo que hacíamos. Bajo el magisterio de Sando empezamos a cuidar nuestra alimentación y trabajábamos a fondo nuestra forma física. Nos enseñó yoga. Ganamos fuerza física y destreza en los movimientos. Nos exigíamos cada vez más y nos olvidábamos casi de todo para centrarnos únicamente en nuestra común obsesión. Muchos años antes de que la gente empezara a hablar de deportes extremos, nosotros ya despreciábamos la palabra «extremo» por indigna. Lo que nosotros hacíamos y lo que nosotros buscábamos era lo extraordinario.

Ahora bien, estos sentimientos sublimes nos impusieron una cierta reserva. Cuando estábamos en el agua con Sando, Loonie y yo formábamos parte de un equipo tan bien entrenado que podíamos adivinar cualquier movimiento del otro en medio de las grandes olas. Sabíamos anticipar las peores caídas, y si había riesgo de que alguien quedara atrapado o resultara herido, siempre estábamos preparados para salir al rescate; y eso resultaba tranquilizador cuando te veías arrastrado por varias toneladas de aguas bravas y tu cuerpo era zarandeado sobre los arrecifes con los pulmones a punto de estallar. Como adolescentes que éramos, nos lo tomábamos como una zona de guerra y procurábamos comportarnos como camaradas bajo fuego enemigo. Nos enorgullecía nuestra condición de rebeldes, aunque fuera prácticamente secreta, y hacíamos cosas que casi ningún habitante de nuestro pueblo se podía imaginar. Sando insistía mucho en que debíamos actuar con discreción y hacía todo lo posible por inculcarnos una cauta modestia. Su espíritu de guerrero hippie —tan difícil de entender ahora, después de tantos años—, fue para un chico como yo, que disfrutaba bajo el hechizo de su autoridad, un código tan tangible como intoxicante.

Mientras tanto, una grieta se fue abriendo entre Loonie y yo. Las semanas que tuvo que pasarse con el brazo enyesado lo echaron todo a perder. La larga espera que vivió enfurruñado, mientras Sando y yo surfeábamos sin él en Old Smoky, agrió las cosas entre nosotros dos, y eso ya no tuvo remedio. Desde entonces, nunca le parecía suficiente que yo reconociera que su valentía era muy superior a la mía. Era el mejor de lo mejor y yo se lo decía, pero eso no servía de nada. Incluso ya no competía con él porque era una lucha desigual y no me hacía ninguna gracia sentir la humillación. Pero de todos modos, yo tenía la secreta convicción de que mi estilo era mucho mejor que el suyo. Loonie no era un surfista elegante, sino un tipo que vencía por las agallas y no por la técnica. Nunca lo reté, pero la rivalidad que había entre nosotros no podía acabarse nunca, y cuando salíamos del agua las cosas nos iban infinitamente peor que antes.

La devoción que Loonie sentía por Sando se hizo más intensa aún. A pesar del malhumor y de las bravatas de chulito que quería hacerse el duro, Loonie se arrojaba ante Sando como si fuera su propio hijo. Se volvió muy cabezota y le gustaba complicar las cosas. Muchas veces iba a ver a Sando sin mí y adquirió la costumbre de no trasmitirme sus mensajes.

Superficialmente, las cosas parecían seguir su curso normal. Cuando íbamos a coger olas, todo iba bien entre nosotros, pero fuera del mar, cuando Sando no estaba presente para apaciguarlo, Loonie se volvía una persona muy difícil de tratar. Y no es que yo lo evitara, sino que él tenía ahora otros intereses. Cuando no había olas salía con un grupito de compañeros del Instituto de Formación Agraria, chicos que tenían pelusa en la barbilla y que tosían como fumadores. Ellos le compraban el alcohol que robaba del pub y a su vez le vendían detonadores, cartuchos de calibre 7,9 y revistas pornográficas. Yo sabía que tenía enterrada en el bosque una barrica de queroseno llena de artículos prohibidos. Allí guardaba todo lo necesario para fabricar bombas de tubería y el dinero que robaba en las habitaciones de hotel o que les birlaba a los borrachos. Durante todo el invierno se enfurecía y ardía, consumido por una furia que yo no entendía. Y todo parecía ser por *mi* culpa, así que procuraba apartarme de su camino.

✳

Una mañana de primavera, un día de lluvia y niebla en la carretera de Angelus, el bus escolar dio una sacudida y se quedó parado. Salí del aturdimiento del viaje y cuando miré por la ventanilla vi un caos infernal en la curva que teníamos delante. El bus resoplaba en el arcén. El conductor parecía dudar entre dar marcha atrás o bajarse a ayudar. En medio de la carretera, un camión de transporte de ganado había volcado y tenía los restos de un utilitario empotrados contra el chasis. Sobre el asfalto había bueyes que se retorcían, mugían, pataleaban y golpeaban con la cabeza el asfalto. Un buey consiguió llegar a la cuneta arrastrando una pierna trasera sin vida. La sangre se esparcía, fina y copiosa, bajo la lluvia incesante. Los matorrales del canal de desagüe del arcén parecían más verdes de lo que eran en realidad y la sangre iba chorreando cuesta abajo en dirección a nuestro bus, que empezaba a llenarse de murmullos y sollozos.

Un tractor se paró detrás del camión accidentado y un hombre se bajó. El vehículo volvió a arrancar en dirección a Angelus y el recién llegado fue sorteando bueyes hasta que se metió gateando en el chasis. El conductor del autobús abrió por fin la puerta y bajó para ayudar. Vi cómo caminaba encorvado bajo la lluvia mientras se subía el cuello de la chaqueta. La lentitud de sus movimientos me sacó de quicio. Me puse en pie, bajé los escalones y le adelanté a toda velocidad rumbo al amasijo de hierros. El conductor del bus se puso a gritar entre el estrépito de los animales heridos. La carretera era una pista de obstáculos con cuerpos que se retorcían, lenguas oscuras y ojos que giraban en todas direcciones. Se oía un horrible golpeteo de pezuñas contra el pavimento. El aire apestaba a cubitos de caldo de ternera y a mierda y a diésel derramado.

Cuando alcancé al granjero, vestido de calle, estaba intentando abrir la puerta del utilitario y todo lo que podía decir era «Dios mío, Dios mío», una y otra y otra vez. Vi que la conductora estaba muerta. Tenía el cuerpo proyectado hacia delante, pero la forma en que la cabeza le caía hacia atrás indicaba que no había nada que hacer. Estaba tan aplastada contra la columna de dirección que todos mis sentidos se estremecieron. A su lado, en el asiento del copiloto, un hombre se pasaba muy despacio la lengua por los labios. La sangre que manaba de una brecha en la frente le cegaba la vista.

Pero en ese momento llegó el conductor del autobús y nos dijo: «¡El conductor! ¡El conductor del camión está atrapado!».

Subí por la estructura del chasis y me fui deslizando a tientas por los barrotes resbaladizos de la jaula del ganado hasta llegar a la cabina. No me fiaba de la rueda delantera, medio hundida, para apoyarme, así que me tendí boca abajo sobre la puerta y me asomé a la ventanilla que tenía debajo, como si fuera un buzo que se asoma al agujero de un arrecife. A un palmo de distancia, tiritando bajo un jersey de lana del ejército y colgando del cinturón de seguridad, había un tipo muy grande con barba y empastes de oro. La ventanilla de la cabina estaba toda empañada. Le pedí que la abriera, pero no parecía oírme. El hombre se quedó temblando allá dentro, donde todo estaba cada vez más oscuro bajo el cristal azotado por la lluvia, y yo seguí gritando hasta quedarme ronco, y entonces llegaron los policías con un rifle, y el camión de bomberos, y alguien mucho mayor que yo me tiró hacia abajo y me dio una humeante taza de chocolate Milo que no me hubiera podido tomar ni aunque me hubiesen matado.

Aquella misma noche, mi viejo me llevó de nuevo a Angelus en coche para el baile del instituto. A pesar de que yo había invitado a Queenie Cookson a que fuese mi acompañante, no tenía ningunas ganas de ir, pero mi madre se empeñó en que fuera, por el bien de la chica y para evitarle la vergüenza de que la dejaran tirada. Así que para allá me fui, bien acicalado con una camisa amarilla y unos pantalones acampanados de pana, y mientras tanto mi viejo entretendría la espera pescando jureles en el embarcadero de la ciudad.

Durante el trayecto no dijimos ni una palabra, ni siquiera cuando pasamos por la curva llena de vidrios rotos del parabrisas y de matojos aplastados. Cuando llegamos al gimnasio del instituto de Angelus, le di las gracias con un simple balbuceo y me metí dentro.

En el gimnasio, una banda local tocaba canciones de The Sweet y Status Quo. Las luces tenues, la música y el panorama de mis compañeros de clase vestidos con sus mejores galas hacían que todo pareciera irreal. Me sentía como si no estuviera realmente allí. El cavernoso salón de actos rebosaba de perfumes que competían entre sí. Había tantas lentejuelas y tanto lápiz de labios que todos parecíamos desconocidos. Tardé diez minutos en encontrar a Queenie, que estaba junto a las escaleras del sótano.

¿Por qué no me has contado lo de esta mañana?, me gritó, acercándose a mi oído.

Me encogí de hombros.

Tuvo que contármelo Polly Morgan.

Volví a encogerme de hombros.

¿Es verdad que los dos han muerto?

Eso han dicho en la radio.

Hoy tenías un aspecto que daba miedo, dijo. ¿Por qué no me has contado nada? Deberías habérmelo dicho. No te entiendo.

No se me ocurría nada que decir, así que volví a encogerme de hombros. Frunció el ceño. Le pasé el brazo por el hombro y ese gesto pareció calmarla un poco. Luego bailamos canciones de Sherbert y de AC/DC y las conversaciones que manteníamos con otras personas se limitaban a leerles los labios. Acabamos envueltos en las profundas sombras de las escaleras del sótano, estruján-donos y besándonos sin pasión hasta que parpadearon las luces y todo se hubo acabado.

Cuando volví al coche, mi viejo tenía un aspecto dema-crado.

Apestas a pescado, le dije.

Y tú hueles a chica.

Fuimos de vuelta a casa en un silencio tan incómodo que yo empecé a toquetear ruidosamente los mandos de la radio. El viejo se enfadó, pero la tensión logró que se mantuviera despierto mientras conducía.

Cuando llegamos a casa, mi madre estaba todavía des-pierta con la bata de boatiné puesta.

Estás muy guapo, tesoro, dijo.

Me aparté del fregadero mientras el viejo limpiaba los peces que había pescado. Las miradas vacías de aquellos ojos muertos me revolvieron las tripas de una forma hasta entonces desconocida. Cuando empezó a abrir de un tajo los vientres plateados, me fui a mi habitación y no pude dormir.

✻

Aquel año hubo varias marejadas importantes provocadas por las grandes depresiones que llegaban de los Rugientes Cuarenta, pero pasamos más tiempo esperándolas, hablando de ellos e imaginándolas que surfeándolas. El invierno tuvo también muchos interludios en los que el viento soplaba cruzado durante semanas enteras y el oleaje resultante llegaba en ángulos imposibles de surfear. Y hubo días y días de mar picado y revuelto, cuando te echabas a llorar si mirabas las olas.

Yo analizaba los mapas del tiempo y esperaba a Sando, siempre sumido en un estado de angustiosa expectación. De algún modo, me había acostumbrado a sentir cierto nivel de temor soterrado. Y cuando no lo sentía, lo echaba de menos. Tras un gran día en Barney's o una sesión única en Old Smoky, volvía a casa hinchado como un pavo, y la euforia duraba días enteros. Pero cuando esa euforia desaparecía, me volvía impaciente o incluso ansioso. No me podía concentrar en las clases. Y si algún día acompañaba a mi padre a pescar en el estuario, el viejo se quejaba de que yo estaba muy irritable y no paraba de temblequear como un borracho, de modo que echaba a perder la mañana de pesca.

Me dio por ir a correr al bosque. También iba en bicicleta a la boca del estuario y volvía inmediatamente sin

pararme a descansar. Hacía todo lo posible por agotar-
me, pero por las noches seguía despierto, dando vueltas
en la cama, suspirando, esperando.

En el instituto, Queenie Cookson me hizo llegar una
nota, a través de intermediarios, en la que enumeraba mis
muchos defectos (yo era un tipo malhumorado, egoísta y
desatento) y me notificaba que, en consecuencia, a partir
de aquel momento quedaba exonerado de mis obligaciones como novio. Hice todo lo posible por tomármelo a
mal, pero la verdad es que me sentí muy aliviado.

En los lapsos entre los días de olas grandes, Loonie
sabía buscarse la vida mucho mejor que yo. Como
durante toda su vida había sido adicto al peligro, siempre le resultaba muy fácil encontrar un desafío que le
hiciera hervir la sangre. Aquel año taladró un agujero
en los muros de estaño prensado del almacén del pub
para espiar por la mirilla, con lo que se inventó una
posibilidad enteramente nueva de jugársela.

Una mujer llamada Margaret Myers empezó a hospe-
darse durante los fines de semana en las habitaciones del
hotel adosado al pub. Supuestamente era de Sídney,
tenía unos cuarenta años y era muy alta. Tenía el pelo
oscuro y buenas curvas, se ponía caftanes y collares de
cuentas y fumaba cigarrillos de clavo de olor. Aquella
mujer estaba fuera de lugar en Sawyer, pero pronto se
convirtió en una más del pueblo. Loonie creía que era la
mujer más sociable que había conocido, pero eso fue
antes de descubrir que se ganaba la vida ejerciendo su
oficio en la habitación número 6. Los domingos, durante sus frenéticas sesiones de trabajo y cuando parecía que

el bar de abajo se volvía un campo de batalla, Loonie se dedicaba a espiar por la mirilla a la mujer que atendía a sus clientes. Luego me contaba que había visto cosas que le hacían daño a los ojos, cosas que no eran fáciles de creer. Yo retenía todos los detalles escabrosos que me daba, pero la verdad es que no me los creía. En este caso, los hechos no me interesaban en absoluto. Margaret Myers era una creación tan fabulosa y Loonie un farolero tan descomunal que ya solo con la idea y con la manera de contarla uno tenía suficiente.

Pero Loonie, con esa forma sobrenatural suya de enterarse de las cosas, se dio cuenta de que yo no le creía. Dios sabe que nunca le llamé mentiroso (yo no era tan estúpido como para hacer esa tontería). Ni siquiera le pedí que me diera los detalles más prosaicos que pudieran corroborar sus historias; detalles, por ejemplo, sobre la mirilla, el ángulo exacto de visión o lo extraño que era que la mujer usara siempre la misma habitación. Pero aun así se puso como una fiera, ya que, del mismo modo que Loonie poseía un genio innato para inventarse un desafío físico donde no había ningún peligro, también era capaz de encontrar una acusación en cualquier frase normal y corriente; y en un momento, sin que pudieras decir nada, se dejaba arrastrar por una furia despechada y de pronto te dabas cuenta de que acababas de retarlo a que lo demostrara. En el caso de la habitación número 6, solo había una forma de que Loonie se sintiera vengado.

Y así fue como un día me vi en el almacén quitando el pegote de chicle gris que tapaba el agujero de la pared de estaño mientras el cálido y ácido aliento de Loonie se metía en mi oído. Yo no tenía ningunas ganas de estar allí. Era demasiado arriesgada la operación de saltar desde la leñera a la lavandería, y desde allí dar el peligroso salto hacia el piso de arriba. La estancia donde se guardaban los trastos apestaba a mocho de limpieza y a cartón mojado y mi corazón latía tan deprisa que la cabeza me daba vueltas. No podía respirar y sudaba a mares, y cuando me apoyé en el muro de metal, mi frente resbaló sobre la pintura marrón.

Resultó que la mirilla que había taladrado apenas era necesaria para demostrar las historias de Loonie. Los chirridos de la cama en la habitación contigua, las embestidas de carne humana y los ruidosos gemidos que llegaban desde el otro lado eran una prueba más que evidente. Pero aquel pegote de chicle era una provocación. Lo saqué del agujero, pegué el ojo y solté un gruñido de sorpresa que debió de oírse al otro lado de la pared. Y es que lo primero que vi, a medio metro de distancia, fue la cara de una mujer con manchas de carmín que miraba en mi dirección. Tenía los ojos verdes muy abiertos pero sin expresión alguna. Noté que tenía los poros muy dilatados y la piel húmeda relucía bajo los rizos que iban y venían. Retrocedí tan deprisa que me estampé contra los incisivos de Loonie. Fuimos dando tumbos sobre los tablones desnudos, siseando y retorciéndonos de risa, y entonces hubo una pausa en la habitación de al lado. Nos quedamos quietos de golpe, esperando que en cualquier momento se abriera la puerta. Yo notaba una aguja clavada en la nuca.

Al cabo de unos instantes que se hicieron muy largos, se reanudaron los chirridos en la cama y se oyeron los murmullos de un hombre y el tintineo irregular de las cuentas de un collar. Desde lejos, lancé una mirada al ojo blanco de la mirilla y cuando volví a mirar a Loonie se estaba tronchando de risa procurando no hacer ruido. Señalé la puerta con el pulgar y él negó con la cabeza. Al menos una mitad de mí se lo agradeció. Me armé de valor y fui a la pared caminando de puntillas.

Cuando pegué el ojo al agujero, vi el trasero sonrosado de una mujer y los muslos peludos de un hombre que chocaban contra él. No podía respirar. Fui siguiendo la curva felina de la espalda de la mujer hasta llegar a la mata de rizos dispersos sobre la almohada a solo un brazo de distancia de donde yo estaba, y mientras yo miraba, Margaret Myers se apoyó en los codos como reaccionando a alguna nueva urgencia. Los pechos y las cuentas del collar se bamboleaban y los aros dorados de sus pendientes centelleaban. Luego levantó la cabeza y abrió un instante los ojos y miró en mi dirección. Hubo un momento —nada más que un destello— de sorpresa, pero supe que me había visto. Dio la impresión de sentir más curiosidad que rabia. Y poco a poco, con una especie de hastiado regocijo, mientras el tipo seguía embistiéndola por detrás, empezó a sonreír.

Un chorro caliente se derramó por la pernera de mi pantalón y solté un ruidito estúpido, y en ese momento Loonie me apartó y se puso a mirar. Justo entonces, el hombre gritó algo sin dirigirse a nadie en especial, como si se le acabara de caer algo en la calle, y yo ya no tenía que seguir mirando para saber a quién pertenecía la voz. Me alejé todo lo que pude de la pared, previendo que Loonie saldría disparado del almacén al oír la voz de su padre en la habitación de al lado, pero se mantuvo en su sitio, con los labios apretados y la cabeza y las palmas de las manos apoyadas contra la pared, como si no fuera la primera vez que veía aquello.

✳

Me sorprende que yo tardara tanto en hacerme preguntas sobre Sando y Eva. Para cualquiera que tuviera más años que yo, las circunstancias de su vida deberían haber suscitado algo más que simple curiosidad: sobre todo porque parecían personas que vivían en total libertad y yo no conocía a nadie que llevara una vida como la suya. En aquella época no era raro que los melenudos se negaran a hablar del trabajo y del dinero —salvo para criticarlos según los términos de la era de Acuario—, pero aquellos dos ni siquiera se molestaban en mencionar esas cosas. Nunca hablaban de ganarse la vida tal como hacían los habitantes de nuestra comarca; era como si la idea misma jamás se les hubiera pasado por la cabeza. Ellos pensaban y vivían y se comportaban de una forma totalmente distinta. Muy poca gente del pueblo vivía tan confortablemente como ellos, pero nunca me pregunté por qué. Al fin y al cabo, yo solo era un chico que iba al instituto. No creo que hubiera caído bajo el hechizo de nadie, pero sabía que Sando tenía un aura especial y no me interesaba saber cómo se ganaba la vida. Cuando eres adolescente, ¿qué importancia tienen los detalles materiales de la vida de los adultos? Así que nunca le pregunté cómo había llegado a tener lo que tenía, o ni tan siquiera cómo llegó a ser lo que era. Simplemente, yo hacía todo lo posible por intentar parecerme a él. Me daba igual su arisca mujer; pero me pasaba la vida observando a Sando y me fiaba de todo lo que decía. En realidad, me bastaba con poder estar a su lado. Algunas tardes, cuando nos columpiábamos en las hamacas con Loonie, Eva y él, mientras los nubarrones que llegaban del amplio recodo de la bahía se apelotonaban cerca del bosque, los canguros pastaban tranquilos en la ladera cubierta de hierba y repicaban las campanillas de la veranda, me asaltaba la sensación de que había tenido la suerte de ser un privilegiado, un elegido.

Y luego había aquellos días, tan poco habituales, en que volvíamos de una sesión de surf tan intensa y con olas tan monstruosas que apenas podíamos hablar. Cuando llegábamos a la casa comíamos y bebíamos y nos balanceábamos en las hamacas uno al lado del otro, sin parar de reírnos como porretas. Era muy difícil encontrar las palabras adecuadas para definir lo que acabábamos de ver y de hacer. Aquellos hechos resonaban más bien en tu cuerpo: te sentías totalmente agotado y la sensación duraba horas —o incluso días, en ocasiones—, pero no había forma de explicarle a nadie eso que sentías. Ni podías ni tampoco estabas seguro de tener ganas de hacerlo. Pero nosotros parloteábamos por pura excitación y es fácil imaginarse los superlativos pueriles que usábamos y la jerga que nos gustaba emplear. Eva no soportaba ni nuestras risitas ni nuestra cháchara. De vez en cuando la sorprendías escuchándonos, especialmente a Sando, y entonces empezabas a hacerte preguntas sobre ella.

Sando sabía describir el momento en que llegabas al límite, cuando las cosas se multiplicaban a tu alrededor como si fueran alucinaciones. Él sabía definir esa cosa tan extraña —en realidad, casi reptiliana— que te ocurría: esa fría certeza sobrecargada de sensaciones que destruía tu mente por lo general titubeante, mientras el resto del mundo se transformaba en un contorno borroso que se movía a cámara lenta: la visión de túnel, la confianza absoluta que todo consistía únicamente en dejarse llevar. Y cuando hablaba del subidón final y de la sensación de liberación que sentías en el último momento, cuando lograbas escabullirte del peligro y llegabas vivo al hermoso canal, Eva a veces se reclinaba en la hamaca y cerraba los ojos, dejando los dientes a la vista como si entendiera muy bien de qué iba aquello.

Es como si volvieras a derramarte dentro de ti mismo, dijo una tarde Sando. Es como si hubieras explotado y todas las piezas que forman tu cuerpo volvieran a su lugar. Eres nuevo. Resplandeciente. Vuelves a estar vivo.

Sí, dijo Eva, tal cual.

La observé y me pregunté cómo era posible que lo supiera.

❊

Cuando yo empezaba a ganar confianza en mí mismo, de pronto cambiaron todos los parámetros. Una tarde lluviosa, cuando estábamos dentro de la casa frente a la chimenea encendida, Sando empezó a hablar de una rompiente llamada Nautilus. Las olas de aquel lugar parecían tan fuera de nuestras posibilidades que empecé a pensar que Sando se lo estaba inventando todo para asustarnos. Aquello sonaba demasiado inverosímil, demasiado deliberadamente misterioso. Pero Sando sacó unas cartas náuticas y entonces nos pareció que aquel pico sí podía ser real. Incluso había hecho croquis detallados de la dirección del oleaje y de las posibles vías de aproximación, y nos hizo esquemas para mostrarnos cómo las olas chocaban contra el arrecife. Nos contó que llevaba años estudiando aquellas olas y que todavía se preguntaba si era posible surfearlas, pues estaba convencido de que ningún surfista las había visto jamás, ni por supuesto las había surfeado. A pesar de los mapas y los diagramas, todo aquello sonaba muy poco creíble. Nautilus no era una ola de arrecife en aguas profundas, como Old Smoky, sino una protuberancia de rocas oceánicas, un hundebarcos que se hallaba prácticamente a ras de agua. Era fácil imaginarse allí unos infranqueables remolinos de espuma en vez de la rompiente de olas ordenadas que necesitábamos.

Sando se puso a observar nuestra expresión. Seguramente mi escepticismo saltaba a la vista. Y entonces se sacó del bolsillo de la camisa una foto Polaroid. Era evidente que se había guardado la foto como la última carta porque la soltó sobre la mesa con un ademán ostentoso y luego se echó hacia atrás exhibiendo una amplia sonrisa. Ni Loonie ni yo quisimos coger aquel rectángulo rebosante de luz, pero allí estaba el tupido pliegue de agua purpúrea, la ola más inimaginable que yo había visto en la vida.

Tío, estás loco, dije. Eso no se puede surfear.

¿No se puede?, contestó sonriendo aún más.

No me podía imaginar que nadie —ni Sando ni cualquier otra persona— llegara a plantearse hacer algo así. Aquel pico no podía compararse con nada que hubiéramos visto antes, ni mucho menos que se nos hubiera ocurrido surfear. Nautilus se hallaba tres millas mar adentro.

Era un nido de tiburones. Estaba frente a una isla de granito —que además era una colonia de focas— y la ola rompía sobre una losa gigantesca que realmente se parecía a la parte superior de una concha de nautilo. En las cartas náuticas estaba señalado como un lugar muy peligroso para la navegación.

Te lanzas al agua desde esta caleta, dijo, señalando la carta.

¿Tú lo has hecho?, le pregunté.

Bueno, lo he investigado. He ido unas cuantas veces en el bote.

Loonie no paraba de toquetear la polaroid. ¿Tú sacaste la foto?

Sí. Para ese tamaño las olas tienen que venir del oeste.

Joder, dijo Loonie. Mira esto. ¿Qué altura tiene?

Seis y medio, imagino.

¡Imposible!

Y abren al romper.

Pero medio arrecife está fuera del agua, dije. Es una locura.

Claro, dijo Sando, riendo de nuevo. Horrible, ¿no?

Uf, exclamó Loonie.

La nueva frontera, dijo Sando.

Yo sabía que había surfeado olas grandes en sus buenos tiempos. Sando hablaba a menudo de México, de Indonesia y de algunos atolones del Pacífico, y en nuestra zona se había metido él solito en Old Smoky, remontando una y otra vez sin un alma que pudiera contemplar su hazaña o ayudarle en caso de peligro. Era un pionero y no cabía duda de su experiencia ni de su valor. Pero ese pico era un caso aparte. Y yo no sabía si sentirme honrado o furioso al ver que confiaba en que nosotros fuéramos a intentarlo con él.

¿Realmente crees que es posible?, pregunté, intentando no sonar demasiado asustado. A ver, ¿qué es lo que crees? Habla claro.

¿Quieres que hable claro?, contestó. Pues me cago vivo nada más de pensarlo.

Me eché a reír con él, pero Loonie volvió la cara hacia nosotros.

¿Quieres decir que te da *miedo*?

Sando puso una expresión de leve desaliento. Se encogió de hombros.

Bueno, habría que ser idiota para que no te diera miedo. Basta con ver la foto.

A mí me da miedo solo de hablarlo, musité.

Loonie frunció el ceño en señal de desaprobación.

Es normal tener miedo, tío, dijo Sando. No hay que avergonzarse.

Loonie puso los ojos en blanco, pero no quiso contradecirle.

Tener miedo, dijo Sando, demuestra que estás vivo y que estás despierto.

Lo que tú digas, dijo Loonie, al que no le apetecía oír un nuevo sermón por parte de Sando.

Todos los animales reaccionan por instinto, continuó Sando. Es como si llevaran puesto el piloto automático. Y nosotros también lo hacemos. Pero la mente lo cambia todo porque nos hace ir más despacio. Siempre estamos calculando los riesgos y midiendo las consecuencias. Pero podemos entrenar la mente para acostumbrarnos al temor y para saber enfrentarnos a las consecuencias.

Vaya, chicos, dijo Eva, que acababa de entrar en la sala, donde el humo de la chimenea a la que nadie prestaba atención se esparcía por todas partes. Lo habéis conseguido: ahora sí que no va a parar.

Todos los días, dijo Sando, procurando que quedara muy claro que la estaba ignorando, todos los días la gente tiene que enfrentarse a sus miedos. Y la gente hace cálculos, suplica a su Dios o planea estrategias. Así fue como llegamos a cruzar los océanos y aprendimos a volar y logramos dividir el átomo. Así fue como tuvimos el valor de abandonar todas las viejas supersticiones. Sando hizo un gesto señalando pomposamente los libros de las estanterías. Eso es la humanidad para nosotros, dijo: nuestra parte más noble. Aceptamos un reto y nos trazamos un rumbo. Tomamos una decisión. Dirigimos la mente hacia una meta. Y basta con tomar la decisión para que ya tengas hecho la mitad del camino. Hay que atreverse a intentarlo.

En ese momento me aclaré la garganta, dando a entender mi incredulidad, pero Sando me miró con un afecto inesperado.

Pero eso no significa que no vayas a tener miedo, continuó. No puedes engañarte. Negar el miedo es… bueno, es algo muy poco viril.

¿Y si eres una mujer?, preguntó Eva.

Todos la miramos sin entender lo que decía.

Estoy segura de que quieres decir que es algo *indigno*, dijo.

Sando parpadeó.

Sí, dijo. Deshonroso. Deshonesto. Llámalo como quieras.

El marido y la mujer se lanzaron una mirada que no

supe interpretar. Me quedé quieto, procurando asimilar todo aquello, ligeramente consolado por el hecho de que Sando sintiera el mismo miedo que yo al ver la polaroid.

Por supuesto, dijo en tono malévolo, no tenemos por qué *intentarlo*. Siempre podremos volver cuando haga sol a las olas de medio metro de la Punta. ¿Qué pensáis?

Nos miró con tal afecto y camaradería que no fui capaz de decepcionarlo.

No perdemos nada por ir a echar un vistazo, dije.

Eso está chupado, dijo Loonie.

Nos echamos a reír y luego atizamos el fuego y nos arrojamos los cojines, pero por debajo de las risas y la alegría yo tenía un mal presentimiento. Aquel invierno había hecho y había visto cosas que jamás habría imaginado. Y aquellas cosas me habían transformado de una forma estremecedora. En aquellos meses yo había sido un explorador, un pionero, y la excitación y la singularidad de todo aquello me había cambiado por completo. Hacer cosas que nadie más se atrevía a hacer tenía un efecto embriagador. Pero cuando empezamos a hablar de ir a Nautilus, me asaltó la insidiosa idea de que había empezado algo que no sabía cómo podría terminar.

✳

Los temporales siguieron llegando hasta el final del invierno y el inicio de la primavera, pero ninguno tuvo la fuerza suficiente ni la orientación del oeste que nos permitiera intentar surfear en el Nautilus. Cuando llegó una suave marejada de octubre, Sando nos llevó a explorar el terreno y todo fue tal como nos había contado. A

pesar de que las olas solo rompían de forma intermitente y desordenada, me puse muy nervioso al contemplar-
las y no puedo decir que me sintiera descorazonado por
no poder ponerme a prueba aquel año. Pero si no había
olas me asaltaban una ansiedad y un tedio que no parecían tener remedio. En el instituto estaba en caída libre
y en casa mi recién adquirida modorra ponía de los nervios a mis padres. Mi vieja intentaba aleccionarme sobre
el tema pero yo la cortaba en seco. Todo lo que había a
mi alrededor me resultaba pequeño e inútil. Los vecinos
del pueblo me parecían cobardes y débiles y vulgares.
Fuera adonde fuese, creía ser la última persona despierta
en una sala llena de durmientes. Normal que mis padres
se alegraran cuando llegó la hora del campamento de
verano.

El instituto de Angelus enviaba a sus alumnos al viejo
lazareto situado en la zona agreste que rodeaba la entrada del puerto. Podía divisarse desde la ciudad, a un
kilómetro y medio de distancia al otro lado del mar, pero
parecía mucho más alejado de lo que en realidad estaba.
Fui al campamento sin ningún entusiasmo. Estaba resfriado, y ahora pienso al hacer memoria que también
estaba algo deprimido, así que me sorprendió mucho la
atmósfera misteriosa que reinaba en aquel lugar. El edificio no era más que un conjunto de barracones y casitas
de la época victoriana que se levantaban en un terreno
llano justo encima del hito que señalaba la máxima altura de las aguas. Los edificios abandonados parecían
haberse enroscado sobre sí mismos, sitiados por el cielo
y el mar y el paisaje. A su espalda, el istmo escarpado
estaba cubierto de matorrales de brezo de mar, de los
que surgían altas formaciones de granito que se inclina-

ban en los ángulos más insospechados. Todos los elementos de origen humano, desde los techos hundidos al triste cementerio de pequeñas dimensiones, parecían más antiguos y más desolados que el paisaje ancestral que se extendía a su alrededor. La enclenque vegetación estaba marchita y las piedras habían sido erosionadas por el viento y la lluvia, pero tras cada chubasco todas relucían y se veían nuevas y recientes, como si segundos antes se hubieran elevado desde la corteza misma de la tierra.

Aquella semana me escaqueaba a la más mínima oportunidad de todas las actividades comunitarias a las que nos habían obligado a apuntarnos para forjar nuestro carácter, y me iba al cementerio o a la playita que había abajo. Desde allí podía mirar el lejano muelle de Angelus, con sus grúas y depósitos que parecían demasiado pequeños para ser reales. Era como contemplar el mundo conocido al doble de distancia, tanto desde otro tiempo como desde otra dirección, ya que tenía la sensación de encontrarme en la avanzadilla de una época distinta. Y no era únicamente por los edificios coloniales, sino por el terreno en el que se levantaban. Cada lápida y cada retorcido árbol de la hierba hablaba de un pasado incesante que se había hecho para siempre presente, y por primera vez en mi vida empecé a sentir, de forma tan evidente como la gravedad, no solo que la vida era corta, sino también cuánta vida había habido antes de la nuestra.

Una tarde, Queenie me encontró con fiebre en la vieja morgue del lazareto. Era una estancia en ruinas llena de telarañas y nidos de pájaros y sombras movedizas, y lo inquietante del lugar nos hizo olvidar lo incómodo que era nuestro reencuentro. Nos quedamos mirando la losa mortuoria donde se veían los macabros conductos y desagües.

Qué horrible, murmuró Queenie.

Sí, dije, sonándome con el pañuelo. Y qué triste.

Y todo el tiempo que esa pobre gente tuvo que pasar retenida aquí, sin poder moverse. Todo el tiempo esperando a que los declararan sanos, o lo que fuera. Y todo para que muchos de ellos terminaran aquí.

La miré. Se estaba chupando, pensativa, un mechón del cabello mientras miraba la mesa de autopsias. Ya había olvidado lo inteligente que era y lo mucho que la quería.

¿Crees que hay fantasmas?, pregunté como quien no quiere la cosa.

Probablemente.

¿Crees en esas cosas?, pregunté, sorprendido.

Sí, dijo. En nuestra granja y en la playa se oyen cosas por la noche.

¿Sí?, dije con una risita. ¿Qué cosas?

Bueno, voces de gente. Y las ballenas que cantan.

Vale, pero eso no son *fantasmas*.

No estoy segura, dijo. Se supone que las ballenas se han extinguido en esta parte de la costa.

Pues yo he visto ballenas.

¿Sí? ¿Vivas? ¿Cuántas?

Tuve que encogerme de hombros. En realidad solo podía recordar un único avistamiento desde que iba a la escuela primaria. Eso me hizo sentir abatido.

Debían de ser fantasmas de ballenas.

Pues ahora tendrás que reírte, dijo.

Me eché a reír. Me dio un palmetazo en el brazo. La

risa se convirtió en una tos horrible. Yo tenía calor y me sentía sudoroso, pero quería que ella siguiera hablando.

Todo muy infantil, ¿no crees?

¿De verdad?, dijo, levantando altanera la cabeza. A lo mejor tendremos que comprobarlo.

Resultó que, después de todo, yo no era inmune a un desafío, así que Queenie y yo acabamos pasando la noche en un saco de dormir sobre la losa mortuoria. El porro que compartimos estaba tan húmedo y tan rancio que sabía a compost humeante, lo que no contribuyó a quitarme la tos. Nos contamos historias truculentas y procuramos ignorar el escalofrío de sentir bajo el cuerpo los conductos de desagüe tallado en la losa. Durante toda la noche las paredes de hierro corrugado estuvieron combándose y repiqueteando a merced del viento sur, y yo estuve tosiendo como un perro salvaje.

Los cabellos de Queenie cubrían la única almohada que compartíamos y a pesar de mi resfriado nos besamos con desesperado entusiasmo. Su boca tenía un regusto vegetal a marihuana, pero era suave y tibia y la verdad es que no sé si nos besamos con otro propósito que no fuera neutralizar el escalofrío y ahuyentar todo aquello que pudiera estar acechándonos durante toda la noche. Yo era consciente de sus miembros que se apretaban contra los míos, pero era más consciente aún de la losa cadavérica que se clavaba en mi espalda, y aunque noté uno de sus notables pechos a través de la lana del jersey, nunca llegamos a meternos de lleno en materia. Al final se quedó dormida y yo me quedé flotando en un estado de insoportable alerta. La cabaña suspiraba y gemía. Mi corazón iba al galope. Intentaba no toser por miedo a despertarla. Mi piel estaba demasiado tirante y empecé a sudar mucho. Todo estaba oscuro en aquella choza, tan oscuro como las tripas de un perro, y la noche se escapó de mí.

A Queenie y a mí nos expulsaron del campamento y tuvimos que volver a casa.

Tres días después, yo estaba en el hospital de Angelus con neumonía.

❊

Solo me acuerdo del sueño.

Yo estaba a mucha profundidad. El mar entero hervía sobre mi cabeza. Blancas estrías de turbulencias caían como balas trazadoras y estelas de cohetes, una zona de fuego libre en medio del turbio y tembloroso verdor.

Y caigo en picado como un proyectil. Cuando se abalanza sobre mí, tan negro como la muerte, el arrecife está repleto de agujeros y yo me meto de cabeza en uno de ellos.

Luego me veo a mí mismo desde fuera de mi cuerpo, estremecido, aterrorizado. Cabeza abajo. Empotrado en la roca. Y mientras tanto mis pulmones se vuelven esponjas y el océano que se me ha metido dentro centellea con una luz cruel.

Ahogándome.

Ahogándome.

Luchando.

Pero ahogándome.

Estoy seguro de que durante un tiempo había una mujer a la cabecera de la cama, a mi lado. Creía que era Eva Sanderson, pero es más probable que fuera una enfermera o mi madre o Queenie Cookson. Fuera quien fuese, me había cogido la mano y me estuvo hablando mucho tiempo. Pero sus palabras tenían tan poco sentido como el canto de los pájaros. Y luego se fue y ya no hubo nadie a mi lado.

Me desperté y mis padres estaban en la habitación, inquietos y agotados. Todavía llevaban marcado en el rostro el inconfundible gesto de desilusión que les volvería a ver pocas semanas más tarde cuando llegó a casa el boletín con las notas del instituto.

Loonie dejó la escuela. Estaba harto. Lo único que quería era ir a surfear, pero su viejo no quiso ni oír hablar de aquello y lo envió a trabajar al aserradero. Loonie odiaba todo lo que tuviera que ver con la fábrica. Mi viejo dijo que no iba a durar ni dos semanas, que Loonie no era capaz de trabajar ni aunque su vida dependiera de ello, que era un vago redomado y por lo tanto un tipo peligroso.

Durante las vacaciones de verano fui a casa de Sando prácticamente todos los días. Eva se había ido a Estados Unidos a pasar unas semanas, y ahora que Loonie se había integrado en la vida laboral, yo tenía a Sando todo para mí. Hice mucho más que aprovechar la oportunidad; me la zampé enterita.

Los días de calma chicha nos íbamos a bucear, y si había olas, aunque fueran muy pequeñas, hacíamos el tonto en la Punta con tablas que había sacado de los recovecos más recónditos de la cripta: tablones de madera de los años sesenta, *longboards pig* con el punto más ancho desplazado hacia la cola, y rarezas con forma de lágrima y diseños psicodélicos pintados con aerosol.

Había días en que simplemente nos quedábamos en la veranda y Sando se sentaba con las piernas cruzadas a tallar una pieza de madera de ciprés y yo lo observaba en silencio. Aquel verano me enseñó a tocar el diyeridú y a desarrollar la técnica de la respiración circular que había que usar para sostener el grave zumbido gutural que podías propagar por todo el valle desde la escalera de su casa. El ruido aquel hacía que el perro se volviera loco. Me gustaba ver cómo aquel aparato me chupaba la energía y expulsaba los malos sentimientos como si fueran las rabietas de cuando yo era niño. Y yo soplaba y soplaba hasta que veía estrellitas, hasta que un charco de babas se formaba en el escalón a mis pies o hasta que Sando me quitaba el instrumento.

A veces ni siquiera te molestabas en buscar un tema de conversación con Sando. Cuando estaba de mal humor, yo lo dejaba tranquilo y me iba al prado donde pastaban los canguros a soplar en el diyeridú. Para mí, la ausencia de Eva era una bendición, pero veía que Sando lo estaba pasando mal. De todos modos, muchas tardes se mostraba afectuoso e incluso comunicativo. Cuando te concedía toda su atención, te reanimabas como si fueras un árbol que ha encontrado una veta de agua.

Estar a solas con Sando lo había cambiado todo. Cuando estábamos los dos solos, ya no hablábamos únicamente de olas ni de surf. A veces se ponía a discursear sobre los espartanos o sobre Gauguin. Me habló de Herman Melville en Tahití y de la muerte del capitán Cook. Cuando le conté que había leído a Jack London y había intentado leer a Hemingway, su rostro se iluminó. Sacó de uno de los estantes *Hombres y tiburones*, de Hans Hass, en una vieja edición en tapa dura con fotos en blanco y negro.

Llévatelo, dijo. Es un regalo.

Y entonces me contó que los pescadores de Java le habían dado carne de delfín y que él se la había comido para evitar ofenderlos. Me contó que sería capaz de comer carne humana si fuese necesario, pero que confiaba en que nunca tuviera que hacerlo, y eso fue todo lo que pensó mientras se comía el filete de delfín. También hablamos de la crisis del petróleo y de la perspectiva de una hecatombe nuclear. Entonces me habló de una comuna de «preparacionistas» que se había encontrado en Oregón, y ya que hablábamos de preparativos para la supervivencia, le conté que Loonie estaba convencido de que si te derribaba una ola, podías salvar la vida aspirando el oxígeno de la espuma y absorbiéndolo por los dientes. Los dos nos reímos de aquella idea disparatada y de la adorable estupidez de Loonie.

Yo disfrutaba a lo grande con la atención de Sando y valoraba muchísimo estas breves muestras de aprecio. A veces me daba un abrazo cuando me iba, aunque por lo general se limitaba a darme un afectuoso golpecito en la cabeza.

Un día, cuando estábamos en la cocina y Sando molía las especias para su curry de pescado, vi una foto en la que nunca me había fijado. Estaba metida en un marco de madera de casuarina colocado en una balda al lado de los fogones. El vidrio tenía manchas de aceite. En la foto se veía una silueta vestida con un uniforme rojo de esquí: era un esquiador saltando boca abajo contra la blancura de las montañas. En segundo plano se veían árboles puntiagudos como salidos de un programa navideño de televisión.

Oye, dije, ¿qué es esto?

Sando hizo una pausa en el uso del mazo y el mortero. Los aromas a cilantro y comino y cúrcuma no eran los que solían flotar en la cocina de mi madre. Mis ojos lagrimeaban por culpa de los vapores de los chiles molidos.

Esa, Pikelet, es mi mujer.

Venga, hombre, estás de broma.

Me acerqué a la foto. Entre las gafas y el gorro se podía atisbar un mechón de cabello rubio. Todo el cuerpo estaba boca abajo, con los esquís apuntando al cielo y la cabeza inclinada hacia el suelo.

¿De broma? Para nada.

¡Acojonante!

Sí, creo que es la palabra adecuada. ¿Difícil, eh?

¿Cómo lo hizo?

Saltando. Bajas a toda pastilla y te lanzas desde una rampa. Un giro completo de 360 grados.

Y aterriza de pie.

Se supone que sí.

Entonces lo ha hecho muchas veces, ¿no?

Tío, pero si es muy famosa. Eso es esquí acrobático. Es una modalidad totalmente distinta. Solo la practican los chicos malos del esquí. Esa foto está tomada en Utah en el 71. Ahora está allí.

¿Esquiando?

Qué va. No puede esquiar con la rodilla que tiene. Justamente ahora están intentando operársela otra vez.

Ah, murmuré, ya que por primera vez empezaba a entender la historia.

Ya lleva tres años sin esquiar. No, más.

Me acordé de las pastillas, la cojera, los cambios de humor.

¿La han operado otras veces?

Sando, sombrío, asintió con la cabeza.

A lo mejor esta vez funciona.

Sí, pero es muy difícil.

Aquí no hay nieve, dije en voz baja. ¿Cómo puede soportarlo?

Sando machacó con el mazo las especias. Apoyé la cabeza en la encimera y pude sentir la fuerza de sus brazos golpeando la madera del mortero.

Creo que prefiere vivir aquí. Si ya no pudieras surfear, ¿te gustaría vivir al lado del mar?

El océano es hermoso. Me conformaría con eso.

Y una mierda.

Lo digo en serio, dije. Me conformaría con poder ver el mar.

No digas paridas.

Me mantuve en mis trece, dolido por la forma trivial con que manifestaba su seguridad absoluta. Puede parecer raro, pero muchos años después pasó algo que hizo que me acordara de esta escena. Yo tenía ya treinta y pico años cuando descubrí que también preferiría no ver lo que ya no podía disfrutar.

No pongas esa cara, dijo.

No estoy poniendo mala cara, musité.

Esa chica los tiene bien puestos.

Sí, reconocí, viendo que la había infravalorado.

La foto de Eva estaba colgada en la pared, pero no había ninguna foto de Sando en la casa. Eso era algo que yo no entendía. Los dos parecían compartir tantas cosas... Ella había sufrido un revés, sí, pero todo indicaba que él también había abandonado su carrera. Me pregunté cuál de las dos decisiones exigía más agallas.

No eres de aquí, ¿no?, pregunté.

No, soy de Melbourne, dijo, ignorando el tono agresivo de mi pregunta.

¿Y por qué te has venido aquí?

Por los bosques. Las playas desiertas. Las olas que nadie ha pillado. Llegué aquí en los años sesenta y me instalé en una cabaña entre los árboles, por ahí arriba. Supongo que buscaba algo que fuera puro.

Puro, repetí.

Sí, ya sé. ¿Hay algo que sea realmente puro?

Me encogí de hombros y entonces se produjo una especie de tregua entre nosotros mientras él seguía moliendo las especias y calentaba la sartén y las tostaba muy despacio hasta que la casa empezó a llenarse de aromas tan potentes que hubieran podido levantarla por encima de los pilotes.

A Loonie lo echaron del trabajo antes de que él mismo pudiera dejarlo. Cuando llegó el año nuevo, su viejo le ordenó buscarse algo en Angelus, en la conservera o en el matadero, pero eran cincuenta kilómetros al día cada trayecto, y como no tenía permiso de conducir, solo podía ir en el bus escolar, así que acabó fregando vasos y barriendo el suelo del pub. Pronto se compró una vieja moto de montaña y empezó a recorrer sin carné los caminos sin asfaltar que llevaban a la casa de Sando. Cada vez que subía a toda pastilla por el camino, envuelto en una nube de polvo y de gases del motor de dos tiempos, el ambiente que reinaba en la casa cambiaba por completo. Durante las vacaciones, Loonie fue a ver a Sando más y más veces hasta que al poco tiempo terminó nuestro interludio.

Sando nunca dijo nada del viaje a Indonesia. Desde luego, a mí no me contó que planeaba llevarse a Loonie con él. Yo ni siquiera sabía que Loonie tenía pasaporte o cómo se había camelado a su padre para que le dejara hacer el viaje. Lo más probable es que le hiciera saber a su viejo que conocía ciertas cosas de su vida; es la única forma que se me ocurre para que su padre le dejara ir. Pero yo no sabía nada de nada. Y un buen día, de repente, Sando y Loonie se habían ido.

Cuando se fue, Sando solo le dejó al perro un montoncito de carne seca de color rosa y un cuenco de agua que se llenaba con el grifo del depósito de agua, pero Sando debió de imaginar que yo iría a vigilar las cosas. Me pasé varios días haciéndole compañía al perro sin decir nada, sumido en un amargo silencio. Una tarde, cuando llegué, vi que Eva había vuelto. Tenía que usar muletas y conservaba el mismo humor de perros de siempre, solo que ahora era todavía peor. Le pregunté qué tal iba todo y me llamó cincuenta clases de cabrón hijo de puta y me ordenó que me fuera a la mierda y que no volviera nunca.

✻

Tardé una semana en reunir el valor suficiente para presentarme en la casa de los Sanderson a reclamar mi tabla guardada en la cripta. Confiaba en que Eva no estuviera, pero cuando llegué en bici a la explanada delantera,

estaba en la galería con el perro, que ladró y bajó correteando para darme la bienvenida. Eva se levantó con
dificultad. Llevaba unos Levi's recortados hasta la mitad
del muslo. Incluso desde la parte inferior de la casa se
veía el color vívido de su rodilla.

He venido a por mi *twin-fin*, dije, todavía agarrado a
la bici.

Hay café hecho, dijo.

No, gracias. Solo he venido a coger la tabla.

Pikelet, no tienes por qué llevarte ahora tu puta
tabla.

Pero quiero llevármela.

Haz lo que quieras, dijo, al tiempo que se aferraba a
la barandilla de la galería. Mira, siento haberte mandado a la mierda. Fue una gilipollez.

Me quedé quieto, sin decir nada.

Venga, sube y tómate el café. Hagamos las paces.

Vacilé. Pero el viento había virado a viento de mar, así
que no se podía surfear, y no me apetecía volver a pedalear inmediatamente de vuelta a casa, así que cedí y subí
por la escalera.

La casa estaba en completo desorden: había platos
sucios y tazas y botellas por todas partes. El fregadero
parecía una chatarrería y todo apestaba a basura y a
marihuana.

La cojera de Eva era tan desagradable de ver que me
adelanté y fui yo mismo a servirme el café. Volví a la
galería y me senté a una distancia prudente de ella.

El otro día, dijo, estaba de bajón. Perdona.

Me encogí de hombros, sentado con las piernas cruzadas sobre las tablas del suelo. Fui dando sorbos al café sin
sentir ningún placer. Seguía siendo un bebedor de té, no

de café. Durante un rato nadie dijo nada, y cuando levanté la vista, Eva estaba mirando el prado de los canguros. Tenía grandes manchas bajo los ojos y llevaba el pelo sucio. La cicatriz de la rodilla tenía un color amoratado.

¿Cómo fue la operación?, pregunté.

No hubo suerte, pero valía la pena intentarlo.

Vi tu foto. Vaya pasada.

¿La viste?, dijo con excesiva alegría. Pero ahora ya ha pasado a la historia ¿eh?

No supe qué contestar. Las únicas cosas que se me ocurrían eran simples tonterías.

Bueno, Pikelet, aquí estamos. Los dos abandonados.

¿No te dijo nada?

Dejó una nota.

¿Pero sabía cuándo ibas a volver?

Asintió con la cabeza.

Bien hecho, Sando.

¿Y ahora qué vas a hacer?

Pues me voy a quedar aquí sentada cagándome en él. ¿Qué otra cosa puedo hacer? Dentro de unas semanas volverá, y será todo sonrisas y no parará de contar historias. Normalmente no me importa que se vaya, pero ahora me hubiera venido bien… bueno, tener una cierta ayuda. ¿Y tú?

¿Yo?

El mosquetero solitario.

Volví a encogerme de hombros al tiempo que recordaba mi humillación.

De todos modos, no podrías haberte ido con ellos, dijo. Tienes que ir al instituto y hacer tus cosas. ¿Qué edad tienes, quince?

Dentro de pocas semanas.

Ya llegará el momento.

Pero podría haberme avisado, dije. Me pasaba la vida aquí, podría habérmelo dicho.

Toda esa mierda de gurú y las malas maneras son cosas que suelen ir juntas, Pikelet.

Sí, claro, murmuré, aunque no entendí muy bien lo que quería decir.

Estuve en la veranda el tiempo suficiente para terminarme el café, pero tenía unas ganas locas de largarme de allí.

¿Necesitas que te ayude en algo?, pregunté, confiando en que no lo necesitara.

No, no hace falta, dijo, pero te lo agradezco.

Yo había llegado a la mitad de las escaleras cuando me gritó que estaría bien que le llevara pescado fresco si se me ocurría ir a bucear con un arpón. Le dije que lo tendría en cuenta, aunque no tenía ningún deseo de volver a su casa.

El perro me acompañó por la cuesta hasta la carretera y se quedó atrás cuando empecé a pedalear en dirección al pueblo. Al irme, me miró con gesto abatido, como si lo dejara abandonado en compañía de su huraña dueña.

❋

Durante varias semanas me escoció la sensación de que me habían dejado tirado —me habían abandonado, me habían despreciado— y el impacto fue más doloroso aún porque en aquellos últimos tiempos había llegado a pensar que yo le llevaba ventaja a Loonie. Creía que Sando y yo habíamos formado un vínculo especial, una especie de interés intelectual mutuo, y eso era algo que Loonie, con toda su energía animal, no podía aspirar a conseguir jamás. Ahora sabía que todo aquello no eran más que idioteces.

Iba y volvía del instituto lo suficientemente enfadado como para irritar a mis viejos. Por la noche, en la cama, evocaba la sonrisa cómplice que Margaret Myers me había dirigido aquel día en el pub, y me hacía pajas demorándome al máximo mientras el viento sacudía los árboles y la casa rechinaba sobre sus viejos cimientos.

Queenie se enrolló con el capitán del equipo de fútbol del instituto. Tenía coche y lucía patillas como las de Peter Fonda.

Al final del día, me dejaba caer en el bus, totalmente abrumado por la vulgaridad de las cosas.

A veces, al atardecer, me iba a nadar al río donde los chicos del colegio se lanzaban al agua desde el trampolín. Una o dos veces me agarré a las raíces del fondo y me engañé pensando que los chicos de la orilla habían pasado ya de la sorpresa al pánico, pero dudo de que alguien se enterara de que yo estaba escondido bajo el agua.

Al sábado siguiente fui a surfear a la Punta con el grupito de Angelus, que ahora parecía desconfiar un poco de mí, pero el domingo hizo mucho calor y el agua estaba como un plato, así que me fui a arponear peces a la parte de atrás del promontorio. Llené un saco de arlequines, merlanes y cabezas planas, y no fue tarea fácil volver al pueblo cargando con el pesado saco en la bici. Mucho antes de llegar al desvío que subía hacia la casa de los Sanderson, ya sabía que no tenía ninguna posibilidad de llegar a mi casa con la bolsa llena. No tenía ningunas ganas de subir a la casa, pero tampoco me hacía gracia la idea de tirar el pescado al campo.

Eva se mostró inusualmente contenta de verme. Mientras yo limpiaba un pargo a la sombra del árbol del patio, bajó con unas Coca-Cola. Llevaba la pierna vendada y cojeaba de forma llamativa, pero su actitud era mucho más optimista de lo normal. Corté la carne roja del lomo del pescado y se la di al perro. Eva se sentó a la sombra y me pasó un vaso.

Hoy ha venido el padre de Loonie, dijo. ¡No veas cómo venía!

¿Estaba borracho?, pregunté.

No, no. Borracho no. Estaba cabreado. Creía que Loonie iba a volver el viernes.

¿El viernes? ¿Sando dijo que iban a volver el viernes?

Ni idea. Cuando se va de viaje nunca tiene un plan fijo. El caso es que el viejo estaba muy enfadado con su hijo por haberse ido. Oye, qué parecidos son padre e hijo, ¿no?

Me encogí de hombros.

La forma en que te miran, dijo, como si tú fueras una criatura… abominable.

¿Por ser americana?

No, por ser mujer.

Caray.

Ese hombre vive solo, ¿no?

No lo sé, dije, tentado por la idea de abordar el tema de Margaret Myers.

Supongo que debería sentir lástima de ese hombre. Pero no la siento.

Calculé que el asunto de la relación entre el dueño del pub y Margaret Myers implicaría detalles escabrosos, así que lo dejé pasar.

¿La echas de menos?, pregunté.

Me miró sorprendida. ¿Si echo de menos qué exactamente?

La nieve. Sando me habló del esquí acrobático.

Claro que la echo de menos, contestó. Vaya pregunta más tonta.

Se bebió la Coca-Cola y soltó el vaso de golpe contra la bandeja de metal. Preparé los filetes y se los dejé en un plato, decidido a lavarme y marcharme cuanto antes de allí.

¿Cómo puedes hacer que alguien vuelva a la granja después de haber visto *París*?

No entiendo, dije, mientras limpiaba la sangre y las escamas del cuchillo.

Una vez que has probado algo distinto, algo verdaderamente acojonante, es muy difícil dejarlo. Se te mete en el cuerpo. Y luego ya nada puede hacerte sentir lo mismo.

Asentí. Por fin había entendido la frase. «*París*» era su forma americana de pronunciar París.

Echo de menos el ambiente, la excitación. Tío, en las montañas hacíamos cosas que daban miedo de veras. Pero ya sabes cómo funciona esto, el tiempo todo lo cura. Tu momento llega y luego se va. Muy cruel todo, ¿no te parece?

A lo mejor las cosas se arreglan solas.

Sí, y a lo mejor Santa Claus es judío.

Humillado, me fui al depósito de agua a lavarme las manos. El perro me lamía la sal que llevaba pegada a las piernas.

Yo nunca he visto nieve, dije.

Es blanca. Y está fría. Gracias por el pescado.

Eva sabía cómo hacerte sentir pequeño y estúpido incluso cuando estaba de buen humor. Una vez más, recordé lo poco que me gustaba.

✻

Una semana antes de que Sando y Loonie volvieran por fin de Bali, bronceados y con la mirada radiante, fui de nuevo a ver a Eva. Esta vez no tenía pescado que llevarle, pero estaba aburrido, me sentía solo, estaba harto de todo y tenía ganas de gresca. Me apetecía decirle cuatro cosas a aquella yanqui tan estirada.

Meses atrás, Sando había preparado una barra de ejercicios en la veranda, con un dispositivo de pesos y poleas para que Eva pudiera muscular la pierna. Yo no la había visto nunca usar la barra, pero cuando subía las escaleras la vi ejercitándose a todo gas. Me vio pero no paró de mover la pierna. Tenía manchas en la piel, estaba cubierta de sudor y su fiera expresión de dolor me hizo sentir una enorme desconfianza. Sentí un escalofrío de temor. Pero me quedé allí parado, inmovilizado por su mirada, sin viento alguno que soplara en mis velas. Me sentí como si hubiera irrumpido en una actividad íntima. Por muy violento que me sintiera, no me atrevía a irme. Eva continuó ejercitándose durante cinco minutos más, hasta que lo dejó, completamente agotada.

¡Tírame una toalla!

Una vez más, me sentí humillado, pero también desdichado.

Que me des. La puta. Toalla.

Vi una toalla colgando de la barandilla de la galería. La cogí, la doblé en un segundo y luego se la arrojé con más fuerza de la necesaria. Eva la atrapó al vuelo y hundió la cara en la toalla. El pecho se le movía con tanta fuerza que me pregunté si estaría llorando, pero no sentía ninguna lástima de ella, solo curiosidad.

Una ráfaga de viento hizo repicar los colgantes tubulares de la galería. No sabía qué demonios estaba haciendo allí. Era el momento de largarme.

Uf, dijo por fin, secándose la cara enrojecida por el esfuerzo, necesito una ducha.

Entonces es hora de irme.

No, quédate. Voy a hacer café.

No me gusta el puto café.

Pues entonces tómate una Coca-Cola y charlemos. Oye, mira, todavía no le he dado la comida al perro. El saco está en el coche. ¿Te importaría?

Bajé a la explanada con el perro, busqué el paquete de pienso y se lo eché en un plato que había en el suelo. Cuando volvió a salir a la galería, Eva llevaba el pelo húmedo peinado hacia atrás y tenía los ojos brillantes. Descalza, llevaba un vestido de algodón sin mangas y parecía muy tranquila. Era como si ya hubiera pasado la tormenta de dolor. Se tumbó en una hamaca y empezó a columpiarse.

Tengo hambre. ¿Sabes cocinar?

Dije que no con la cabeza.

Me lo imaginaba. Venga, vamos a hacer hamburguesas. Esta mañana he ido al súper.

Durante una hora o así estuvo dándome instrucciones en la cocina hasta que acabamos comiendo en silencio en la mesa de trabajo. Nos sentamos en los taburetes que Sando había fabricado con vegetación de la zona. Aquel arreglo improvisado se me hacía muy raro. Ninguno de los dos resultaba una compañía agradable para el otro. Pero nos habíamos quedado atrapados juntos.

Después de comer, Eva se volvió extrañamente locuaz. Volvimos a salir a la galería y nos tendimos en las hamacas y me contó su vida cuando era niña en Salt Lake City y me habló de los mormones y de las montañas y de su madre muerta. Con su ácido humor, me explicó lo difícil que era ganar una beca universitaria y del asombroso advenimiento del ángel Moroni. Me contó cosas sobre las nuevas religiones y sobre el dinero nuevo que no conseguí entender, y cuanto más hablaba de aquellas cosas, más rara me parecía América.

En la televisión, los americanos eran tan afables y tan sentimentales que vivían por siempre despreocupados en la inalterable seguridad de su hogar. Pero por lo que contaba Eva, sus compatriotas eran personas alteradas que llevaban una existencia nómada y congestionaban las autopistas y los aeropuertos en su búsqueda de acción febril y permanente. Dijo que vivían movidos por la ambición de una manera que ningún australiano podría entender jamás. Buscaban perspectivas novedosas, un mejor servicio, una perfecta movilidad. Traté de imaginarme lo que me estaba diciendo. Tal como hablaba de su propia gente, todos parecían enfermos. Pero Dios estaba por todas partes: en las cosas que decían, en la música, incluso en el dinero que usaban. Es la ambición, decía. La aspiración de vivir mejor y la ansiedad mortal que eso te crea.

Era difícil distinguir las corrientes contradictorias de orgullo y de asco que se percibían en el caótico recuento que hacía Eva, pero lo que contaba me hizo reflexionar sobre muchas cosas. En nuestro Sawyer, la gente parecía

calmada, o incluso oxidada, más bien. Querían ser gente normal. No se sentían a gusto con la ambición y pro-
curaban evitar todo lo que supusiera un riesgo o un
imprevisto. En nuestro paisaje había una cierta grandio-
sidad silenciosa, pero daba la impresión de que el poder
y el destino no concordaban con aquellas llanuras deso-
ladas y aquellos bosques húmedos. Aquí no había caño-
nes gigantescos ni ríos caudalosos de un kilómetro de
amplitud. Sin cimas majestuosas cubiertas de nieve, los
ángeles parecían criaturas improbables y Dios, una posibilidad difícilmente factible.

No sé cuánto tiempo estuve tumbado en la hamaca,
pensando en estas cosas, antes de darme cuenta de que
Eva había dejado de hablar. Estaba cayendo una leve
llovizna. Me apoyé en el codo y vi que Eva estaba dormida. El pelo se le había secado en una maraña pegada
a la espalda. Ya no había rigidez en su rostro. De vez en
cuando los párpados se contraían en una especie de
revoloteo. Emitía un tenue ronquido intermitente. Allí
donde el vestido se le había subido, se podían ver unas
piernas muy pálidas.

Me parecía mal mirar de esta forma a Eva, pero nunca antes había tenido la oportunidad de mirarla con
calma. Solo la conocía por alguna ojeada rápida y por
destellos atrapados al azar cuando creía estar a salvo
de su mirada acusatoria. Me bajé de la hamaca y me
agaché a su lado. Olía a champú y a cebolla frita. Me
puse a estudiar las cicatrices de su rodilla deforme. La
línea de sutura más reciente era gruesa y escarlata, un
ciempiés incrustado en su carne. Cubría a sus predece-
soras, que formaban un nido plateado como la marca
de un fósil. Tenía pelitos en las espinillas. Por un ins-

tante, mientras dormía, se le puso piel de gallina en los brazos.

Me asaltó el súbito y peligroso impulso de tocarla. Quería sentir el tacto de su rodilla deshecha y no sabía por qué. Acerqué la mano.

No me hagas daño, dijo.

Me entró miedo y me eché atrás, haciendo chocar una silla contra la pared. Eva se incorporó, confusa y despierta.

¿Qué ha sido eso?

Sacudí la cabeza.

Tengo que irme.

❋

Loonie apareció una noche en que yo no era capaz de ponerme a hacer los deberes. Pude ver la mirada ambigua de mi madre cuando lo hizo entrar en mi cuarto. A ella le caía bien Loonie, pero la vieja desconfianza había vuelto. Al salir del cuarto, mi madre le dio un tironcito en el pelo casi blanco y le dio un golpe cariñoso en el hombro.

¿Me he perdido algo bueno?, preguntó. ¿Hubo algún día de olas?

Negué con la cabeza.

Genial, dijo en un tono distante. Se sentó en mi cama y se puso a hojear el libro de estudios sociales que yo tenía allí.

¿Y cómo ha ido?, pregunté.

Dejó el libro sobre la cama y apretó los labios. De puta madre.

¿Cuándo habéis vuelto?

Anoche. Al viejo casi le dio un ataque. Eh, mira esto.

Loonie se arremangó el cortavientos y dejó a la vista una herida larga y carnosa en el brazo.

Uluwatu, musitó. Una puta locura.

¿Qué pasó?

El arrecife. El coral es capaz de rajarte los huevos.

Durante una media hora me contó historias de olas solitarias y templos y arrozales, de monos y de ofrendas y del humo del incienso. De cómo Sando y él habían comido carne de tortuga y carne de coco, y de cómo habían llegado hasta los arrecifes en piraguas con balancines. Sentí la imperiosa necesidad de no dejarme impresionar. Cuantas más cosas me contaba, más indiferente me mostraba yo. Vi que mi reacción le desconcertaba. Cuando llegó a las historias más interesantes, a los grandes momentos del viaje, no le sirvió de nada.

Te he traído esto, dijo, al tiempo que dejaba en el escritorio un compacto paquetito envuelto en papel de aluminio. No era más grande que un cartucho del calibre 22.

¿Qué es?

Hachís, tío.

¡Dios!, dije.

Bueno, no te enfades, tranquilo.

Oí a mi madre caminando por el pasillo antes de que tuviera tiempo de abrir la puerta. El pequeño cartucho envuelto en papel de aluminio fue a parar al interior del cajón y Loonie la saludó al salir.

Las cosas cambiaron cuando Sando y Loonie volvieron de las islas. Los fines de semana, si había buenas olas, a veces se dejaban caer. Al final del verano surfeamos varias veces en Barney's, e incluso llegamos a ver al temible bicho que le daba nombre, pero en general me veía excluido del nuevo vínculo que se había establecido entre ellos dos. El viaje de Loonie a Indonesia le había proporcionado una indiscutible superioridad. Había visto sacrificios de animales y había visto a chamanes y había caminado sobre la negra ceniza volcánica de las playas. Había descendido hasta la legendaria gruta de Uluwatu y había surfeado aquella izquierda puesto hasta las cejas de hachís. Y en cambio, yo seguía siendo un colegial.

Sando, por su parte, se mostraba distante, preocupado. De repente parecía haberse alejado de mí. Descubrí que había secretos que compartían Loonie y él, y que me ocultaban por medio de sonrisitas cómplices y miradas furtivas. Cuando surfeaban, demostraban una arrogancia física que podría deberse simplemente a su mayor veteranía y experiencia, pero que a mí me intimidaba. Ahora entendía por qué los del grupito de Angelus me miraban con tanta desconfianza. Nos veían como el pequeño círculo de los brahmanes.

Casi no veía a Eva, pero las pocas veces que la vi estaba ojerosa y parecía infeliz. Una nueva corriente de antagonismo se había formado entre Sando y ella, y hacía todo lo posible por comportarse como si Loonie no existiera.

✳

Antes incluso de que empezara el otoño se formó una tormenta monstruosa. En los mapas del tiempo parecía un tumor que se extendía sobre el mar a medio camino entre nosotros y la plataforma de hielo del sur. Cuando descubrió la depresión, Sando empezó a planear el asalto a Nautilus. El sábado y el domingo antes de que llegara el frente frío, las olas todavía eran demasiado pequeñas. Tendríamos que esperar a que pasara la tormenta y coger las olas que iba dejando a su paso. Y eso significaba que me tendría que saltar las clases si quería ir a surfear con ellos.

Antes de que el viento empezara a sacudir las copas de los árboles, yo ya sabía que no estaba preparado para surfear en Nautilus. La noche en que la tormenta se abatió sobre nosotros, estaba en la cama escuchando los crujidos del tejado y preguntándome cómo podría escaquearme de la aventura. Durante dos días de intensos aguaceros, la lluvia que llegaba del mar azotó las carreteras y los prados y los bosques. En la mañana del tercer día, cuando era todavía noche cerrada y todo estaba inquietantemente en calma, me despertó un retumbar lejano que hacía temblar los cimientos de la casa. Alguien que no conociera la región pensaría que una columna de tanques estaba avanzando por el camino que llevaba hasta el bosque de detrás de la casa. Era un ruido sordo y monocorde, una vibración amenazadora que no cejaba en ningún momento. Me levanté de la cama sintiendo náuseas. Metí una toalla y el traje de neopreno en la mochila, me comí unas salchichas frías que encontré en la nevera y me puse a esperar a que se hiciera de día.

Llegué a la parada del bus que había delante de la carnicería con media hora de antelación. Si Sando no se presentaba, seguiría con mi rutina y me metería en el bus y me iría al instituto. Esa mañana, coger el bus escolar era una opción muy atractiva. Pero a los pocos minutos, Loonie apareció soplándose el aliento helado en las manos, y antes de que hubiéramos tenido tiempo de cruzar una palabra, apareció la Combi con el remolque y el bote.

Fue un largo viaje hacia el oeste a través del bosque, y luego a lo largo de trochas de pescadores hasta que llegamos a la playa desierta que daba a la isla. Durante el trayecto, Sando y Loonie iban dándose mentalmente ánimos, alimentando cada uno la energía nerviosa del otro, mientras que yo, silencioso y asustado, me limitaba a apoyar la cabeza contra la ventanilla.

Para cualquier persona amante de las sensaciones fuertes, el simple hecho de meter el bote de Sando en el agua le habría procurado una emoción suficiente para justificar el día entero. La caleta era un torbellino de olas que rompían de un extremo a otro y la rompiente orillera tenía tanta fuerza que arrojaba al aire montones de algas y de conchas pulverizadas. Bajamos el bote con la proa por delante, calculamos el momento para meterlo en el agua cuando no venía ninguna ola y pusimos el motor en marcha, pero casi nos arrepentimos enseguida cuando una serie de olas mucho más altas se adentró en la bahía. En ese momento ya no podíamos retroceder, así que tuvimos que meter la proa hacia esas masas de espuma con el acelerador a toda máquina, confiando en que perdieran turbulencia antes de que llegaran hasta nosotros. Tuvimos que agarrarnos a todos los asideros que encontramos en el bote. El viento me azotaba el cabello. Pero fuera como fuese logramos superar la rompiente. Cuando nos estrellábamos contra una ola, salíamos despedidos y flotábamos en el aire con la hélice aullando, antes de aterrizar de nuevo en el agua con un estrépito espantoso. Loonie soltaba alaridos como un jinete de rodeo, y se habría puesto a ondear el sombrero si hubiera tenido uno a mano. Por fin llegamos a aguas más calmadas, pero no fue un buen comienzo para mi expedición a Nautilus. Continué la travesía temblando y sudando bajo el traje de neopreno. Las aguas encrespadas azotaban la isla de granito y la colonia de focas. El mar que se veía al otro lado era muy negro y estaba muy agitado.

En una pausa, paramos el motor muy cerca de la rompiente y nos quedamos al pairo en aguas profundas, en dirección a tierra, esperando y observando antes de echar el ancla. Al principio no había mucho que ver, salvo una capa de espuma cargada de desechos que flotaba en la superficie. El agua y el aire parecían saturados de oxígeno, y todo burbujeaba y chisporroteaba como si mucho después del paso de las olas todavía quedara energía suficiente que debía disiparse. La costa a nuestra espalda estaba en parte oscurecida por la isla y también por una nube baja de vapor helado que el sol matutino no podía penetrar. Nada brillaba. El mar parecía no tener fondo.

Tuvo que llegar la primera ola para que me diera realmente cuenta de lo que nos esperaba. La ondulación se aproximaba en sentido oblicuo como una tupida mole de oleaje, pero a los pocos segundos, cuando topó con aguas poco profundas, engordó de tal manera que triplicó su volumen. Y allá, a sus pies, yacía el enorme conjunto de rocas que daba nombre a aquel lugar. La masa de agua vaciló un instante al chocar con el obstáculo sumergido. Pero se echó hacia atrás como si ascendiera por el obstáculo y luego se desplomó de golpe por cada extremo, antes de que el labio descomunal se precipitara hacia delante con un estruendo que me provocó retortijones.

Casi cinco metros, dijo Loonie.

Sí, contestó Sando. Y está rompiendo donde solo hay un metro de agua.

En realidad, había momentos en que las olas rompían donde no había nada de agua. Cada serie traía una bomba gigantesca que aspiraba todo lo que tenía por delante; y a medida que se iba acercando, chupaba tal cantidad de agua de las rocas que, al final, cuando la ola rompía como una tromba, la bóveda formada por las rocas de granito quedaba completamente al descubierto. En esos momentos, el valle de la ola quedaba de hecho por debajo del nivel del mar. Era algo que nunca me había podido imaginar, la ola más peligrosa que había visto nunca.

Vimos pasar varias series y luego echamos el ancla a cierta distancia, y entonces Sando se lanzó al agua y nos guio hacia la rompiente. Las tres tablas eran Brewers: largas y pesadas *guns* hawaianas. Eran las mismas que usábamos en Old Smoky, y mientras remábamos, Sando nos fue repitiendo que eran tablas muy seguras y muy fiables. Era la típica cháchara de motivación que usaba siempre con nosotros, pero yo estaba cagado de miedo. Cada vez que dirigía la mirada hacia mí, yo la desviaba y seguía remando sin convicción, hasta que me adelantó y siguió avanzando, brazada a brazada, con Loonie remando a su lado.

Los dos se sentaron sobre las tablas justo al comienzo del pico y yo me quedé más lejos, todavía en aguas profundas. A nuestra espalda, la barquita sufría bruscas sacudidas por los tirones de la amarra, y de vez en cuando desaparecía por completo entre las olas. Las series llegaban y se iban, pero nadie cogía una ola. Eran muy grandes, pero aunque hubieran tenido la mitad de altura, me habrían seguido pareciendo demasiado súbitas y demasiado empinadas, y además eran irrealizables con las rocas a ras del agua. Es cierto que ofrecían un espectáculo grandioso, pero solo abrían en un trecho de apenas cincuenta metros y no valía la pena correr el riesgo. Miré a Sando y a Loonie, que esperaban en el pico y dejaban pasar una ola detrás de otra como si hubieran llegado a regañadientes a la misma conclusión que yo.

Pero entonces llegó una ola muy ancha barriendo la rompiente y Sando fue a por ella.

Llegué a vislumbrar el lejano destello de sus dientes mientras luchaba por ganar velocidad. Un instante después la ola ya se había puesto vertical y él con ella. En cuanto se puso en pie se hizo evidente que la tabla era demasiado larga para adaptarse al contorno de la ola, y que costaba demasiado hacerla girar. La ola empezó a precipitarse de dentro afuera. Sando se tambaleó un instante y estuvo a punto de caer por la pared; pero logró mantener los pies pegados a la tabla y maniobró la Brewer con una fuerza que a mí me hubiera resultado imposible. La quilla se incrustó en el agua. Sando se lanzó hacia delante mientras la ola empezaba a retorcerse y a temblar y el arrecife a sus pies borboteaba y arrojaba espuma. El labio de la ola se precipitó sobre Sando, que desapareció un segundo como una espinita en las fauces de la bestia. Y de repente un sifonazo de espuma lo escupió hacia fuera y todo acabó. Entonces planeó hacia aguas profundas, en la zona en calma que había delante de mí, y luego soltó la tabla y dejó que siguiera deslizándose sola en el agua.

Fui remando hasta recuperar la tabla y la llevé de vuelta al lugar donde él estaba flotando, con las rodillas levantadas y la cabeza echada hacia atrás.

Dios santo, murmuró, Dios santo.

Me detuve a su lado sosteniendo la larga tabla entre nosotros. Poco a poco, Sando fue recuperando el aliento, pero la expresión que tenía era la de un loco.

Cuando vayas a coger la ola, recorta por el ángulo más abierto y desciende enseguida.

No creo que vaya, musité.

Cogió su tabla, comprobó la quilla y se subió.

Tienes medio segundo, nada más, pero es brutal.

Negué con la cabeza.

Venga, Pikelet. Ya sabes cómo es esto.

Justo por eso no me muevo de aquí.

No te he traído aquí solo para que te dediques a mirar, ¿no?

No dije nada.

Eso le dará un gustito especial a la leche.

Yo tenía mucho miedo, pero no pánico; esta vez sabía lo que estaba haciendo.

Mierda, dijo. Creía que había venido con surfistas. Con hombres por encima de lo corriente.

Me encogí de hombros.

Pikelet, tío, hemos venido a jugar.

Sonreía cuando dijo eso, pero percibí una especie de amenaza en sus palabras. Me importaba una mierda. Ya había tomado una decisión. Asqueado, se dio la vuelta y le vi remontar hacia el lugar donde Loonie braceaba indeciso entre las moles de agua.

Cuando Sando se situó a su lado, Loonie se irguió algo más, como si su presencia le hubiera dado ánimos, y unos momentos después ya había decidido probar suerte. Pero la ola que había elegido era un demonio. Tenía forma de cuña y se encabritó —abominablemente— antes incluso de que él empezara a moverse. Cuando Loonie se puso en pie, ya sabías lo que iba a suceder. Pero los segundos atroces que vinieron a continuación le permitieron cubrirse de honor en medio de la derrota. La ola se elevó, vaciló un instante y luego se desplomó cuando Loonie estaba todavía en la cresta. Desesperado, ya se había agachado para adoptar la mejor postura de emergencia y ahora apuntaba la tabla hacia el santuario del canal, pero no iba a ningún otro sitio que al abismo. La ola se retiró de debajo de sus pies y lo arrastró consigo. Enormes columnas de espuma surgían chorreando del arrecife y lo único que pude ver de Loonie fue un brazo zarandeado. Media tabla salió despedida a diez metros de altura. Durante un segundo horrible la bóveda de granito del arrecife quedó totalmente a la vista. Luego toda esa agua picada inundó la roca, empujando a Loonie hacia delante hasta invadir la zona de aguas profundas donde yo me mantenía inmóvil, rígido sobre la tabla. El aire vibraba, el mar burbujeaba por debajo de mí y yo sabía que Loonie estaba ahí abajo, en algún lugar de la estela blanca, recibiendo una tunda de mil demonios, pero no me moví hasta que no oí el grito furioso de Sando.

Allá abajo un velo blanco lo cubría todo y corrientes

enloquecidas atravesaban el agua. Era como bucear a ciegas en medio de una multitud y tuve que mover los brazos a tientas y girar en varias direcciones hasta que vi los contornos azulados del fondo marino. Volví a sumergirme sin encontrar nada. Salí a la superficie y vi a Sando —a muchos metros de distancia— viniendo hacia mí, y en eso oí los jadeos de Loonie y giré la cabeza y vi su brazo levantado. Estaba a unos veinte metros por detrás de mí, mucho más cerca de la barca que yo.

Cuando llegué, lo subí a mi tabla y le oí vomitar y respirar y volver a vomitar. Había desgarrado la parte trasera del traje de neopreno y tenía los hombros despellejados. Le sangraba la nariz y le temblaban las piernas, pero cuando Sando llegó al lugar donde estábamos, Loonie ya estaba riéndose.

Aquel día en Nautilus me dejó muy tocado. Una pequeña y lúcida parte de mí sabía que había sido estúpido intentar surfear una ola tan improbable, tan peligrosa, tan perversa. ¿Qué podía significar el triunfo allí, tal vez tres o cuatro o, a lo sumo, cinco segundos en posición vertical sobre una ola tan horrenda como un monumento municipal? Esa locura no se podía denominar de ninguna manera *surf*. Estaba claro que se podían coger olas mucho más grandes y mejores que aquella monstruosidad. Pero nada podía calmar la sensación de fracaso que se había apoderado de mí.

Los otros no me dijeron nada. Los tres juntos celebramos el gran desafío de Loonie, pero la brecha que se había abierto entre ellos y yo se amplió aún más. El que vacila, tal como descubrí, está perdido. Y entonces empecé a pensar que la discreción con que trataban el tema de mi cobardía no hacía más que empeorar las cosas. Al principio se lo agradecí, pero después habría preferido que me llamaran directamente cobardica y terminaran de una vez con la historia. Yo ya no podía soportar las miradas evasivas, las súbitas pausas en la conversación que aumentaban la sensación de que me estaban dejando de lado.

Loonie y Sando planearon un nuevo asalto a Nautilus usando tablas más cortas —únicamente dos— con un diseño especial para aquellas olas. Nunca se habló de si yo iba a acompañarlos. Dios sabe que lo normal hubiera sido sentir alivio, pero la verdad es que aquello me hizo sentir más desconsolado que nunca. Sabía que cualquier persona razonable habría hecho aquel día lo mismo que yo. Pero ese era justamente el problema: después de todo, yo seguía siendo una persona corriente.

❋

Por un breve periodo de tiempo, durante mi adolescencia en Sawyer, creí tener el control de mi propia vida. No entendía muchas cosas que sucedían a mi alrededor, pero durante unos pocos años yo tenía algo especial que me proporcionaba una íntima sensación de poder. Y eso me hacía sentir más grande y más vivo que en cualquier otro momento de mi vida anterior. En el instituto, a pesar de no ser un apestado, nunca fui muy popular. Mis compañeros de clase me consideraban un tipo altivo y distante. Algunos decían que me creía superior, pero eso no me preocupaba porque durante esos años me iba cada día a casa en el bus escolar sabiendo que poseía un secreto que me consolaba de todo: yo hacía cosas que los demás no sabían hacer, cosas que ni siquiera podían soñar que existieran. Yo pertenecía a un club exclusivo, iba a todas partes con un adulto y con un colega que asustaban a la gente. Habíamos alcanzado un prestigio enigmático incluso entre los surfistas. Cuando nos dignábamos ir a surfear a la Punta, se podía percibir la deferencia con que nos trataban. Incluso tipos mayores y vagamente amenazadores como Skipper se mostraban involuntariamente respetuosos, sobre todo cuando se hallaba presente nuestro mentor. Y si un chavalín deslenguado empezaba a hacernos preguntas sobre Sando, uno de los veteranos le mandaba callar enseguida. Por entonces ya sabían que Sando había surfeado él solito durante años en Old Smoky, de modo que jugaba en otra liga, cosa de la que todos éramos conscientes por pura intuición. Sando irradiaba dignidad. Y yo me acostumbré a beneficiarme de esa cualidad por el simple hecho de ir a su lado.

Pero cuando Sando se llevó a Loonie por primera vez a las islas, me dejó atrás en un sentido no solo literal. De algún modo, eso me hizo quedar rezagado. Perdí confianza en mi posición y en mi valor. Es posible que el sentimiento de haber sido desplazado fuera imaginario o se debiera a mi vergüenza, pero yo estaba convencido de que Sando ya no me tomaba en serio y Loonie ya no me consideraba un igual, así que de golpe se evaporó la sensación de poder y control sobre mi propia vida. Y por primera vez, yo no era un chico solitario sino alguien que simplemente tenía que aceptar que estaba más solo que la una.

Poco después de Pascua, en la primera semana de vacaciones, un frente frío de insólita intensidad irrumpió en
la costa. El viento arrancó árboles de cuajo y arrastró
tejados de metal hasta lo más profundo del bosque, y
cuando la tormenta se fue, dejó a su paso ese retumbar
del oleaje que siempre me mantenía despierto durante la
mitad de la noche con aquella vieja mezcla de excitación
y miedo.

Estuve esperando el petardeo de la furgoneta Volkswagen, pero Loonie y Sando no aparecieron. A eso de las
ocho de la mañana, cuando mis viejos estaban en el
pueblo, me subí a la bici y me fui al mar.

Desde lejos, mucho antes de llegar al estuario, se veían
grandes nubes de agua pulverizada sobre la desembocadura del río.

En casa de Sando no se veían ni la barca ni la Combi;
estaba claro que habían decidido ir a Nautilus. No podía
reprocharles que me hubieran dejado tirado, pero eso
provocó algo en mí. El perro no ladró cuando bajó
correteando por las escaleras y me alegré porque quería
entrar en la cripta sin despertar a Eva. El perro me siguió
hasta el sótano, donde saqué la gran Brewer amarilla
con la que me había cubierto de infamia pocas semanas
atrás. Enceré la tabla con una pastilla de parafina que
había en el bote de cacao que teníamos en la balda, y
luego bajé la cuesta con la tabla en la mano. Era imposible montar en bicicleta si tenía que llevar aquel monstruo a cuestas, así que me fui andando hasta el promontorio, y para cuando llegué a la cima del acantilado que
daba a Old Smoky, el sol brillaba con fuerza y yo estaba

empapado en sudor. El brazo derecho estaba hecho polvo por el esfuerzo de haber cargado con la tabla durante tanto tiempo. Hice estiramientos mientras las olas rompían centelleantes en medio del mar iluminado por el sol.

Ignoro qué fue lo que me llevó a ir remando solo hasta la rompiente. Estaba dolido y furioso. Supongo que tenía la necesidad de demostrarme algo. Sabía que antes ya se había surfeado en solitario en Old Smoky. Pero nunca lo había hecho un chico de quince años. En retrospectiva, creo que aquello fue un acto de desesperación, o peor aún, un deseo de hundirme en la nada. Incluso ahora me cuesta creer que pudiera salir invicto.

A medio camino de la rompiente, me di cuenta de que las olas eran el doble de grandes de lo habitual. Cuando aparecían después de largos intervalos engañosos, se elevaban hasta los seis metros, o incluso más. Al llegar a la rompiente, vi que había calculado mal el tamaño del oleaje. Con la altura que tenían, era un milagro que rompieran tan limpias.

Empecé a canturrear. Empecé a hablar solo. Busqué en el arrecife una buena posición de espera. Confirmé varias veces las referencias costeras, tal como me habían enseñado. El terral picaba el agua y bajo la superficie todo estaba agitado.

Estaba en el lugar adecuado cuando empezaron a formarse nuevas series que llegaban por el sudoeste. A medida que se acercaban a los bajíos iban ganando velocidad, y al poco tiempo me vi remando como un loco para superarlas antes de que rompieran. Cada ola

parecía más grande que la anterior, y el *spray* me cegaba cada vez que lograba ascender por la pendiente y
luego caía del otro lado. En medio de aquel caos blanco,
no pude ver la tercera ola que llegaba hasta que ya fue
demasiado tarde. La ola, a punto de romper, estaba
empezando a borbotear de espuma, así que yo no tenía
más remedio que surfearla o comérmela. Giré y fui a
por ella.

Durante todo el descenso, la enorme tabla golpeteaba
contra el agua picada como si tuviera voz propia; podía
oír perfectamente las risitas y el parloteo a pesar del
trueno que bramaba detrás de mí. Cuando la ola alcanzó la máxima altura, formando una pared que se des-
plazaba a lo largo de cien metros delante mío, tuve la
impresión de que estaba creando su propio clima. De
repente ya no soplaba viento, y cuanto más descendía
yo por la ola, más suave parecía la superficie del agua.
Todo aquel gigantesco edificio rodante resplandecía. Por
un instante —un segundo apenas de encantamiento—
me sentí ingrávido, como una mariposa cabalgando la
luz. Luego hice un giro y aceleré, y la fuerza de la aceleración repercutió en mis rodillas, muslos, vejiga, y volví
a subir a la cresta para sentir la brisa de tierra en la cara
y captar un destello de los acantilados, y luego volví a
descender por la pendiente por una línea más baja. Con
cada nuevo giro, con cada nueva ralentización en la cresta, iba ganando más y más confianza. Cuando llegué a
la última sección de la ola, ya podía permitirme hacer
filigranas. Salí surfeando de la ola y llegué al canal tan
embriagado por la alegría que tuve que sentarme sobre
la tabla para aclararme la mente.

Me sentía fabulosamente, como electrizado. No era un

cobarde ni un novato. Sabía lo que hacía y estaba claro que no era ni de lejos una persona corriente.

Ahora, cuando miro atrás, sé que debería haber saboreado el triunfo un rato más y haberme concedido un disfrute completo de aquel jodido desquite, recuperar el control y reírme a gusto de mí mismo. Así podría haber reconstruido la escena, ordenar mis pensamientos, buscar un método. Pero estaba tan exaltado que di la vuelta y me puse a remar de nuevo hacia la zona de impacto, y elegí la primera ola de la siguiente serie. Por si no fuera poco, me abalancé sobre ella en vez de dejar que llegara hasta mí, así que no pude lograr una buena posición para remarla y me costó horrores coger impulso. Cuando la ola alcanzó la máxima altura, apreté las brazadas todo lo que pude y sentí que salía propulsado, balanceándome un poco en la cresta y deslizándome durante unos pocos metros hacia delante hasta que me di cuenta de que la ola había seguido su camino sin mí.

Antes de sentarme sobre la tabla y mirar hacia atrás, ya sabía que me encontraba en apuros. Me había dejado atrapar justo en la trayectoria de la siguiente ola, que era más grande y ya había empezado a romper. En los pocos segundos que tenía remé a toda prisa hacia el canal, pero sabía que nunca podría llegar a tiempo. Así que aspiré todo el aire que pude, hiperventilando, y en el último momento, cuando la mole blanca se despeñaba sobre mí, me puse de pie sobre la tabla y me lancé a la mayor profundidad posible. Pateé todo lo que pude con los pies, pero en un segundo irrumpieron las turbulencias y me arrastraron hacia un lado y luego me arrojaron hacia el fondo. Vi contornos borrosos de rocas. Las algas flotaban a mi alrededor. Los oídos me dolían horriblemente, pero no había manera de compensar, y luego me vi propulsado dando vueltas de campana por el fondo, rebotando contra cosas duras y blandas, hasta que poco a poco, como una tormenta que se va alejando, la presión del agua disminuyó y pude remontar hacia la luz.

Salí a la superficie en medio de una placa de espuma y desechos, y apenas pude respirar un poco cuando otra torre de aguas bravas se abatió contra mí. Este segundo hundimiento fue mucho peor. Esta vez tenía mucho menos aire y la paliza duró más tiempo y fue mucho más cruel. Cuando logré alcanzar de nuevo la superficie, me encontré en la trayectoria de una tercera ola, y luego hubo una cuarta. Cada vez tenía menos aire y cada vez la profundidad era menor que en la anterior. Estaba tan confuso y tan desorientado que una vez me estrellé de cabeza contra el lecho marino pensando que era la superficie. En las piernas sentía quemaduras y hormigueos. Creía ver luz donde no había luz. Las tripas se me contrajeron. Las cosas se reducían de tamaño —era como mirar a través de la boca de un buzón— y allá afuera, al otro lado de la ranura, el mundo de color blanco intentaba matarme.

Pero en cuanto la presión del mar aflojó y el agua se hizo más clara, conseguí arrastrarme hacia la luz. Por un segundo, en la superficie, creí que tenía la garganta atascada. No podía respirar de ninguna manera. Y entonces me asaltaron los espasmos y empecé a vomitar bilis y agua de mar y el aire me quemaba como si tuviera la fuerza de todos los lamentos.

No se veía por ninguna parte mi Brewer amarilla. Cuando me recuperé un poco, me di cuenta de que había sido arrastrado a lo largo de unos cuatrocientos metros, casi siempre bajo el agua. Desde allí, la única forma posible de llegar a casa era volver nadando.

Tardé una hora más o menos en llegar a los acantilados y otra media hora en salir del agua. Me mareé muchísimo cuando estuve bregando como un loco entre los remolinos de la resaca. Y al final, cuando ya me preguntaba si tendría la fuerza suficiente para resistir tanto tiempo en el agua, me vi arrastrado por el lomo de una enorme ola rodante que me depositó en un saliente rocoso, desde el cual pude ir gateando muy despacio hasta llegar a un lugar seguro.

Cuando llegué a la casa de Sando, procuré que nadie me viera, pero necesitaba desesperadamente beber agua. Eva me sorprendió cuando estaba bebiendo del grifo del depósito.

¿Pikelet?

Ya me voy, grazné.

He visto la bici. ¿Dónde has estado?

Me encogí de hombros, pero llevaba puesto el traje de neopreno y tenía las rodillas llenas de sangre.

Tengo que irme.

Sube.

No, me voy.

Ya me has oído. ¿Has visto cómo estás? Por Dios, sube de una vez.

Subí cojeando las escaleras hasta llegar a la galería.

Has ido hasta allí solo, ¿no?

He perdido su Brewer. La amarilla.

Dios santo, ¿quieres decir que has vuelto *nadando*? Deja que te eche un vistazo.

Estoy bien, solo tengo sed. Lo que me preocupa es haber perdido la tabla.

Olvídate de la puñetera tabla. Siéntate y te miraré eso.

En cuanto me senté, la fatiga se apoderó de mí. Debí de quedarme medio dormido porque cuando abrí los ojos ella estaba delante de mí con una Coca-Cola y una bandeja de sándwiches. Comí y bebí como un lobo mientras ella me observaba.

Le tomas demasiado en serio, dijo al cabo de un rato.

¿A quién?

Ya sabes de quién hablo. Pero ahora voy a curarte estas heridas. Espérate aquí.

Pero no me esperé en la galería por miedo a quedarme de nuevo dormido, así que la seguí al interior de la casa y me apoyé en la mesa de la cocina mientras ella trasteaba en una alacena.

Siéntate antes de que te caigas rendido, dijo. Y tendrás que esperar hasta que vuelvan esos dos. No estás en condiciones de volver en bici.

Sí que puedo, dije. No tenía ningunas ganas de estar ahí cuando volviera Sando.

¿Quieres hacer el favor de sentarte de una puta vez?

Hice lo que me ordenaba. De repente supe que estaba a punto de llorar.

¿Te ha dicho que se van a Java?

Sacudí la cabeza, incapaz de hablar.

Esto ya no me hace ninguna gracia. No sé si seguiré aquí cuando vuelva.

Tenía en la mano un puñado de bolas de algodón y un frasco con un líquido de un horrible color amarillo. Parpadeé varias veces.

Dios, ¿por qué he tenido que contarte esto?

Una vez más, solo supe encogerme de hombros.

Oye, Pikelet, dijo, no vas a decir nada, ¿no?

No.

Me examinó con la mirada. Cuando destapó el frasco y derramó el líquido antiséptico en el algodón, le temblaban las manos. Me cogió por la barbilla y me hizo levantar la cabeza para pasarme el frío algodón por la frente. Intenté no hacer un gesto de dolor.

Dejó el frasco y me pasó la mano por el pelo buscando el agujero que tenía en la coronilla. Cuando se le levantó la sudadera, me fijé en los pelitos rubios que rodeaban su ombligo.

Sobrevivirás.

Estaba a un palmo de mí. Olía a mantequilla y a pepino, a café y a antiséptico. Yo quería apretar la cabeza contra su vientre y agarrarla por las caderas, pero me quedé quieto hasta que terminó y se apartó. Y entonces me levanté y me largué sin importarme lo que me dijera. Fui pedaleando hasta el pueblo muy lentamente, demacrado y dolorido.

Aquel mismo día, por la tarde, cuando el calor del sol todavía se filtraba hasta las sombras del bosque, me senté bajo el tronco de un viejo karri a fumarme el hachís que me había traído Loonie. En la cena me comí las chuletas con una deliberada cautela, preocupado por cualquier mirada acusatoria que pudiera llegarme. Me sentía transparente, ligero, incómodo. Por la noche soñé el sueño del ahogamiento. Y allí estaba de nuevo, con la cabeza atrapada en el arrecife, y cuando me desperté, tocándome las partes doloridas de la frente y la coronilla, me llevó un buen rato darme cuenta de que solo había sido un sueño.

Te has metido en una pelea, me dijo mi viejo en el desayuno.

No, contesté.

Pero si solo tienes que mirarte en el espejo. ¿Por qué no me lo cuentas?

No ha pasado nada, papá.

Tienes la cara como una manzana picoteada por los pájaros, dijo mi vieja.

¿A qué demonios estás jugando?, dijo él, y en su voz había más consternación que rabia.

Me caí en las rocas, contesté en voz baja.

¿En la orilla del mar?

Sí.

¡Cuántas veces tendré que decirte…!

Venga, sí, cuéntame lo de Snowy Muir.

Mi viejo cogió el sombrero y el macuto del trabajo.

Nunca me llegaste a contar la historia, le dije en un tono más amable.

Algunos tenemos que ir a trabajar, dijo. Besó a mi madre, se encasquetó el sombrero en la cabeza donde ya asomaba la calvicie y se dirigió a la puerta.

❄

Loonie estaba delante de la carnicería, bajo la fina lluvia, cuando me bajé del bus escolar. Se le veían los restos borrosos de un ojo morado y tenía el labio partido de una forma totalmente novedosa. No hizo falta que le preguntara nada: sabía que había sido su viejo. Loonie le había dicho que se iba otra vez de viaje.

Fuiste solito a Old Smoky, dijo.

Me encogí de hombros al tiempo que me colgaba la bolsa al hombro.

Joder, masculló. El tío está cabreado por lo de la tabla.

Pues tú ya te has cargado dos, contesté. Además, ¿quién te lo ha dicho?

Ella.

¿Eva? ¿Ella te lo ha contado *a ti*?

No. Los oí discutir. Y ella lo soltó sin querer. Dijo que habías ido solo. Y la tabla se ha perdido, ¿no?

Tuve que volver nadando.

Joder.

¿Fuisteis a Nautilus?, pregunté sin poder contenerme.

Fue la hostia, tío. Cogí tres. Tres tubos.

¿Y él?

Una. Pero esa cosa lo tiene acojonado.

Fruncí el ceño, sorprendido.

Se está haciendo viejo, dijo Loonie.

En su sonrisa burlona había algo cruel.

Y ahora te va a llevar a Java, dije.

¿Quién te lo ha dicho?

Eva, contesté con el rostro rojo de satisfacción.

Gruñó y empezó a liarse un cigarrillo y vi que ya no éramos amigos. En el cruce donde el edificio del pub se alzaba sobre la gasolinera del otro lado de la calle, cada uno siguió su camino sin siquiera decirnos adiós. Ninguno de los dos podía imaginar que no volveríamos a vernos.

⁂

Sando paró la camioneta frente al campo de deportes, a la hora de comer, justo cuando yo estaba pateando un balón con un grupo de chicos del instituto que casi no conocía. Fue el petardeo familiar de la Volkswagen lo que me alertó. Vi que había aparcado detrás de los postes de la portería, pero no fui enseguida a verlo. Cuando al final me decidí a ir, faltaba muy poco para que sonara el timbre del inicio de las clases.

Tenía apoyada la cabeza sobre el volante como si fuera un conductor de autobús. Llevaba una chaqueta vaquera y una camisa de seda de un tono verde resplandeciente; el pelo y la barba y los pendientes brillaban bajo la primeriza luz invernal. Levantó las cejas como si le sorprendiera verme. Me quedé plantado allí delante con mi feo uniforme escolar.

O sea que os vais.

Sí, dijo. Mañana.

Asentí con la cabeza y desvié la vista hacia los tejados de las casas de Angelus.

Se me ocurre que podrías pasarte por casa para la despedida. Últimamente apenas te vemos.

Volví a mirar a los chicos que pateaban el balón de un grupo a otro de jugadores.

No puedo, dije. Mis viejos no me van a dejar.

Asintió mientras se rascaba pensativo la barba.

Por cierto, alguien encontró la Brewer amarilla.

¿De verdad?

Un pescador de atún. A unos cuarenta kilómetros, según dice.

¿Te la devolvió?

Dijo que sí con un movimiento de cabeza. Procuré disimular la oleada de alivio y de sorpresa que me anegaba.

Eva dice que aquel día tenías un aspecto horrible.

Había olas muy grandes. Y tuve que volver nadando.

Tuviste huevos, dijo. De principio a fin. Deberías saberlo. Hay que ser muy bueno para ir solo.

Me encogí de hombros.

Lo digo en serio, Pikelet. Me quito el sombrero.

Metí las manos en los bolsillos para disimular lo mucho que me había emocionado su felicitación. Un silencio largo y poderoso se instaló entre nosotros y luego sonó el timbre de las clases. Sando puso en marcha la Combi.

Nos vemos.

Vale, dije.

Cuando llegué a casa, la Brewer amarilla estaba apoyada contra la caseta de los trastos. La enorme quilla negra se proyectaba hacia fuera como el ala de un cuervo.

El hombre ese con pinta de gitano dijo que era para ti, dijo mi madre. Dijo que te la habías ganado.

Asentí mientras la cogía y me la ponía bajo el brazo. Era un objeto precioso, fabricado por un maestro.

¿Qué clase de trabajo hiciste para él?, preguntó.

Lo de siempre, contesté. Cortar leña.

Ah, vale, dijo. Y me di cuenta de lo mucho que le hubiera gustado creérselo.

✳

Una semana o así después de que Sando y Loonie se fueran, fui en bici a la costa. Tenía el ánimo por los suelos. Estaba harto de la expresión de perro apaleado con que me miraban mis viejos. Estaba aburrido y furioso: nunca había estado más solo en la vida.

El mar estaba revuelto como era habitual en un día de invierno. La playa estaba vacía. No tenía muchas ganas de ver a Eva. Y además, me daba la impresión de que se habría ido, tal como había amenazado. Pero no tenía ningún otro sitio a donde ir.

La furgoneta estaba aparcada a cubierto. El perro salió correteando a recibirme como si estuviera loco por encontrar compañía. Me agaché a jugar un rato con él, y le acaricié las orejas disfrutando de la adoración que me mostraba. Quizá sea una idea tonta de viejo, pero ahora pienso que me habría venido muy bien tener un perro como aquel en mi adolescencia. Cuando estaba en cuclillas rascándole la tripa, se me ocurrió que podría llevármelo al bosque y dejarlo trotar a su aire por entre las sombras de los árboles, persiguiendo conejos mientras yo le hablaba sin parar y soltaba toda la mierda que llevaba dentro. Ojalá lo hubiera hecho. Pero no lo hice, y en cambio subí por las escaleras.

Eva estaba en la sala, al otro lado de la cristalera de la puerta. Vi que me estaba observando desde el sofá. Por la forma en que estaba tumbada, no parecía estar muy bien: tenía la boca ligeramente abierta y el pelo revuelto.

Me quedé parado, muerto de frío, hasta que me hizo una seña para que entrara.

La casa olía a leña y a beicon frito y a hachís. Sonaba bajito un disco de Supertramp en el tocadiscos. Eva llevaba unos viejos pantalones de chándal y una camiseta de Yale con vistosas manchas amarillas.

Va a llover otra vez, dijo en voz baja.

Sí, dije. Espera cinco minutos y verás. El tiempo está cambiando.

He estado esperando cinco minutos durante toda mi vida. Lo único que cambia *es* el puto tiempo.

No supe qué decir. Ya me habían entrado ganas de irme.

Pikelet, dijo. ¿Dónde se puede comprar picadillo de pavo en este país?

¿Picadillo de qué?

Carne picada de pavo. ¿Dónde se puede comprar?

Y yo qué sé, refunfuñé.

Soltó un gruñido como si yo fuera idiota, pero yo nunca había oído hablar de la carne picada de pavo. En casa ni siquiera se comía pavo por Navidad. Para nosotros era como un bicho muerto en la carretera.

Siéntate un segundo.

Aquí dentro hace calor, dije, mientras me sentaba a su lado en el sofá.

Quítate el chubasquero.

Tenía el fuego ardiendo a tope en la chimenea.

Y ya que estamos, quítate la camisa.

¿Qué?

Ya me has oído.

Estás fumada, dije.

Pero tú quieres. Y al final acabarás haciéndolo.

Reflexioné sobre lo que podría ocurrir. Era como estar en un taller con Loonie cuando había un objeto afilado muy cerca. Mi cuerpo se puso a vibrar por el peligro que captaba en aquella sala.

Me incorporé para ponerme en pie. Me agarró por la camiseta y la retorció soltando una especie de risita burlona y yo la miré, confuso y furioso, antes de soltarme con un movimiento brusco. De todos modos, me quité la camiseta y la dejé como un idiota sobre el regazo. La mueca burlona desapareció de su rostro, en el que ahora se veía una expresión casi de tristeza. Me tocó el vientre con los nudillos. Había algo parecido al desinterés en la forma en que me tocaba y luego iba subiendo la mano muy despacio hacia el pecho. Me pilló por sorpresa cuando me presionó dolorosamente el pezón, pero me besó en el cuello con tanta delicadeza que toda la coronilla se me erizó como si tuviera la piel de gallina. Me volvió a besar en el cuello una y otra vez, y mientras tanto me desabrochaba los vaqueros, y cuando me corrí se rio en mi oído como si acabara de ganar una apuesta.

Fui tras ella hasta el altillo. Se quitó la ropa, se tumbó sobre la cama deshecha y me sonrió con una especie de ternura. Sentí una fuerza enorme que se elevaba por dentro de mí y me empujaba a continuar.

Pikelet, no lo hagas si no quieres.

Oh, contesté con una alegría fingida, a lo mejor sí quiero.

De acuerdo, dijo. Y por cierto, ¿dónde habré dejado el manual de instrucciones?

Me quité los vaqueros mojados y me metí en la cama y la besé torpemente. Llevaba el pelo sin lavar y la boca le sabía a café y a hachís. Tenía manchas de cúrcuma en los dedos. Olía a sudor y a coco frito. Era más pesada que yo, más fuerte. Tenía los hombros anchos y los brazos robustos. No había nada femenino ni delicado en ella. No cerró los ojos. No esperó a que yo descubriera por mí mismo lo que estaba pasando.

Por la tarde, después de comernos el curry y fumarnos el resto del hachís, me sorprendió en la sala observando sus cosas. Yo estaba totalmente colocado y sentía en mí un valor que antes no tenía. Me sentía mucho mayor y satisfecho conmigo mismo, y por alguna razón me estaba dando cuenta por primera vez de que todo lo que había en la casa era nuevo y caro. Un día, me dije, quiero tener cosas como estas.

¿Qué?, preguntó mientras cortaba un pomelo.

No he dicho nada.

Y una mierda. Sé que te estás preguntando de dónde sale el dinero.

No, no.

Dios santo, Pikelet, pero si eres un libro abierto.

Me encogí de hombros. Se equivocaba, pero no quería dar la impresión de ser más idiota de lo que ya era.

Viene de un fideicomiso. Un fondo con el dinero de mi padre.

¿Y también es para Sando?

Sonrió.

Sí, claro, también es para él. Pero no se llevan bien, mi padre y él.

Pero así puede…

Surfear y viajar, sí, claro. Y por eso yo pude dedicarme al esquí.

Me quedé de piedra. No tenía ni idea de lo que era un fideicomiso, pero enseguida capté la brecha que eso abría entre nosotros. Y esa brecha era mayor que la de nuestras nacionalidades, o incluso que la de nuestras edades. El dinero que aparecía en la cuenta de un banco. Sin trabajar. No dije nada, pero Eva debió de verlo todo en mi cara.

El vasto y horrible mundo, Pikelet. Funciona así.

Guau.

No es muy justo, pero qué le vamos a hacer.

Supongo que sí.

Nada es justo, Pikelet. Hay tipos que pueden follar a tu edad, y hay otros, unos desgraciados hijos de puta más feos que un dolor, que tienen que esperar hasta los treinta años. Pero podríamos darle la vuelta a esta situación. ¿Querrías dejar de follar por el bien de la justicia?

Avergonzado, negué con la cabeza.

Pues entonces pórtate bien conmigo, Pikelet.

Sí, de acuerdo. Me porto… bueno, me portaré bien.

Y no fardes de mí delante de nadie, ni de Loonie ni de nadie. ¿Entendido?

No, no haría eso, contesté, con la voz a punto de quebrárseme. Lo prometo.

Aunque yo no estaba muy cerca, pude ver el placer y la satisfacción que se transparentaban en su rostro. Bajó la vista hacia el pomelo como si no pudiera recordar qué era aquella cosa que tenía en la mano.

Dios, dijo, a lo mejor no deberías volver.

¿Qué?

No está bien. No es justo para ti.

¿Y qué pasa si yo quiero venir?, pregunté malhumorado.

Escúchame, Sando volverá pronto.

La miré fijamente. ¿Cuándo volverá?

Ha dejado de llover, dijo. Vete a casa.

❇

Durante una semana, día y noche, estuve tan nervioso que no podía parar. Antes de eso, aparte de la ojeada valorativa que dirigía a cualquier mujer con la que me cruzaba, nunca había tenido ningún interés sexual por Eva Sanderson. Una mujer como ella no formaba parte de mis preferencias eróticas. Por supuesto, era rubia y tenía esa confianza en sí misma tan americana, pero no había nada en ella que se pudiera asociar con *Playboy* o con las actrices de Hollywood. Mis fantasías eróticas oscilaban entre Suzi Quatro y Ali McGraw, y pasaban de una a otra en un segundo: la chica roquera, la morena delgaducha. Pero Eva era fornida y no se mordía la lengua. Como rubia, era una rubia más bien agrícola. Por un lado, no tenía la despreocupación del rock and roll, pero tampoco trasmitía un aura de etérea sensibilidad. Era más bien suspicaz y desconsiderada, y habría que definirla como hermosa en vez de bonita. Tenía unas piernas bien contorneadas, pero duras y cubiertas de cicatrices. Y aun así, su imagen se había apoderado de mí. Su cuerpo —la realidad de su cuerpo— me obsesionaba. No podía pensar en nada más que en Eva.

No fui en bici a su casa. Tampoco la llamé desde la cabina que había delante del pub. Pero intentaba recordar cada segundo que habíamos pasado juntos: su vientre contra el mío, el sabor salado de su piel, el gemido grave y escandaloso que emitió. Durante días, su olor penetrante permanecía en mis manos y cada vez que me hacía una paja en la cama, el olor parecía regresar con el calor de mi cuerpo. Pero también pensaba en Sando y en la puta mierda de persona que era yo por haberle hecho aquello. En cualquier momento regresaría a casa. Y yo sabía que la situación sería tan violenta que no sería capaz de soportarla. Lo había jodido todo, lo había perdido todo. Pero también pensaba en la amarga y penosa sensación de rechazo que había vivido con ellos. Sando no me valoraba y yo le importaba una mierda. Me había dejado tirado. La Brewer amarilla no era más que un premio de consolación. En realidad, nunca fue mi amigo, y Eva lo dejó caer en más de una ocasión. Íbamos con él para hacerle sentirse importante, para endiosarlo. Era nuestro gurú. Pues al infierno con él.

A la hora del comedor, me metía en la cabina de teléfono que había frente a las canchas de baloncesto y miraba el número de teléfono que llevaba apuntado con bolígrafo en la cara interior de la muñeca. Pero nunca lo marqué: no me atrevía. Eva a lo mejor hablaba en serio cuando me pidió que no volviera. Tal vez sentía remordimientos. O tal vez sentía lástima de mí, el niñito abandonado, y si me había llevado a la cama era solo porque estaba tan fumada que sintió un arrebato de generosidad que lamentó enseguida. Dios sabe que yo había sido rematadamente torpe con ella. Y ella sabía ponerse desagradable en cualquier momento. Si se cabreaba conmigo tendría que andarme con cuidado porque nunca se sabía lo que podía decir o hacer. No había forma de confiar en ella. Pero era una tortura pensar que se había olvidado por completo de mí. La deseaba.

Ahora, cuando miraba a las chicas, siempre las comparaba con Eva: el contorno de las piernas, la delgadez de los brazos, la forma en que protegían los pechos encogiendo los hombros. Los perfumes que se ponían olían a azúcar, como el jarabe. Odiaba los ruidosos aros de plástico que llevaban y la forma en que disimulaban los granos con un pringoso maquillaje rosa y se mordían los labios cuando creían que nadie las veía. A no ser que cada una de ellas mintiera, todas salían con tíos mayores que tenían trabajo y coche, hombres a los que les gustaban los flequillos teñidos y que no paraban de comprarles cosas. De repente, todas esas chicas parecían... corrientes.

Una noche creí oír el traqueteo de la furgoneta en el extremo del camino que subía a nuestra casa, dejé de leer el libro y me quedé completamente inmóvil en la cama. Enseguida pensé en Sando, pero no hacía ni una quincena que se había ido. Si era él, ¿qué podía querer de mí a las diez de la noche? ¿Y si sabía algo? Intenté no pensar en la posibilidad de que se presentara de sopetón, cabreado, aquel tipo que medía el doble que yo. Y Eva no vendría en la furgoneta a verme, ¿no? Mis padres estaban durmiendo en casa, ¿se le ocurriría hacer algo así? ¿Sería capaz de estar esperando al final del camino para que yo saliera de casa y fuera a encontrarme con ella? La idea era demasiado loca, demasiado hermosa, demasiado aterradora. Apagué la lamparilla de la mesita de noche y al cabo de un rato el ruido de la furgoneta se alejó. Yo sabía reconocer perfectamente el sonido de una Volkswagen. En cinco minutos podría haber llegado hasta allí. Quizá no eran más que hippies despistados de Margaret River que consultaban un mapa justo en el desvío que subía hacia mi casa. Pero yo esperaba sin mover un dedo el regreso de la furgoneta. Solo de pensar que Eva podría estar esperándome en la Combi, la polla me empezó a doler. Pero en un momento dado, al otro lado de la débil pared, el motor de la nevera se puso en marcha y ya no pude estar seguro de no habérmelo imaginado todo.

✿

Resistí una semana entera. Pero al sábado siguiente fui en bicicleta bajo una lluvia intensa. Me sentía enloquecido, temerario, condenado.

El perro anunció mi llegada. Eva salió a la galería sin decir hola. Me abrió la cremallera de los vaqueros empapados con una determinación que rozaba la violencia y me introdujo en su boca mientras el perro y el estuario rebosante y el cielo entero cargado de lluvia parecían estar mirándonos. Yo le agarré el cabello y temblé y lloré de alivio.

Todo acabó en unos instantes. Eva se levantó, se limpió la cara, me quitó el resto de ropa que llevaba puesta y se la llevó al interior de la casa. La seguí hasta la secadora y la vi arrojar la ropa al bombo. Llevaba un viejo jersey y pantalones acampanados y calcetines de dedos con estampados del arcoíris. Cuando la abracé desde atrás, sentí los pechos balanceándose bajo la lana. El perro se coló en la sala y se puso a observarnos.

Creía haberte dicho que no aparecieras por aquí, dijo.

Me apreté contra ella para que se diera cuenta de que todavía estaba empalmado. Se dio la vuelta y me besó.

Su boca tenía un regusto a almidón. Deslizó las manos por mi espalda y me agarró el culo.

Bueno, dijo, ya que estás aquí, adelante.

Y así empezó nuestra rutina. Eva siempre parecía más victoriosa que complacida de verme. El sexo, para ella, era un asunto de avidez e impaciencia, que se volvía más urgente aún por la posibilidad de que en cualquier momento apareciera Sando. En la casa no había cortinas y apenas había espacios cerrados, de modo que era muy difícil no sentir la amenaza de un regreso inesperado. El perro de Sando era un testigo constante que casi siempre se mantenía en silencio: me vio impaciente, torpe, exultante, furtivo, inquieto. Aquel sábado nos siguió hasta el dormitorio del altillo y nos estuvo observando desde el rincón cuando Eva se tendía debajo de mí. La lluvia tamborileaba en el tejado. Yo estaba temblando.

Tienes miedo, dijo.

Qué va.

Y una mierda.

Es solo frío, dije.

No, pero es normal. Tener miedo es parte de la diversión. Ahora ya deberías saber *eso*.

Pero yo no estaba seguro de saber nada, salvo que dentro de ella todo era caliente y sedoso, y que Eva tenía la fuerza suficiente para sujetarme con los músculos de la pelvis y clavarme los brazos a la cama de tal manera que yo no podría haberme soltado aunque hubiera querido.

Nos quedamos todo el día en la cama mientras caía la lluvia y el perro suspiraba desconsolado. En algún momento de la tarde me desperté, desconcertado por haberme quedado dormido. Eva me estaba mirando. Tenía mi polla en la mano como si fuera un pajarillo. Con la mano libre me acariciaba la mejilla.

Te amo, dije en voz baja.

Lo que tú amas es follar.

Lo digo en serio.

Pero si no sabes ni lo que estás diciendo.

Me quedé quieto en la cama, dolido.

Ha llegado una postal de Tailandia, dijo.

¿De Tailandia? ¿Sando?

Ha estado en Bangkok.

Pensar ahora en Sando era como recibir un golpe.

¿Pero no están en Java?, dije, procurando sonar despreocupado.

Parece ser que necesitaban comprar cosas, dijo. Cualquiera sabe. Y ahora dice que van a ir a las islas orientales.

¿Qué islas?

No lo dijo. Lombok, quizá.

Hay montones de islas orientales.

Claro, dijo soltando un bufido. Quizá vaya a las Filipinas. Incluso Hawái tiene islas orientales. Qué capullo.

O sea, que no va a volver pronto.

Le da miedo envejecer. Toda esta mierda es solo por eso.

Los viajes, ¿no?

Todo. Lo de llevarse con él a su aprendiz. Loonie es demasiado joven y demasiado idiota para tener miedo. Y Sando adora eso, se alimenta de eso. Odia hacerse mayor.

¿Qué edad tiene?

¿Sando? Treinta y seis.

¡Joder!

¿Te sorprende?

Bueno, sí, es que está muy en forma.

Muy en forma, dijo. Y con muy buena suerte.

Alargué el brazo para tocarle la maraña que tenía en la rodilla, pero me apartó de un manotazo.

No me toques, musitó.

Lo siento.

Los dos nos quedamos mirando las cicatrices en silencio.

Mira esto, dijo al cabo de un rato. ¿Puedes creerte que toda una vida tenga que depender de unos putos pedazos de hueso y de tendón?

Se puso en pie y fue cojeando hasta la ventana. La luz le iluminó la pelusilla de las piernas. Yo no podía apartar la vista de la curva del trasero que se perfilaba al trasluz.

¿Por qué dejas que se vaya?, pregunté. No lo entiendo.

Porque él lo necesita, contestó.

¿Y qué pasa con lo que tú necesitas?

Él sabe muy bien lo que necesito, afirmó en un tono tan contundente que no admitía contestación. Se dio la vuelta y me dirigió una mirada tan amarga que la interpreté como una señal de que era hora de irme.

Salté de la cama, confiando en que me acompañaría a la lavandería, pero no lo hizo. Me puse la ropa todavía tibia de la secadora y salí al exterior barrido por la lluvia.

Durante un largo y desastroso periodo de mi vida posterior, sentí rabia hacia Eva Sanderson por mucho que lamentara su suerte. De acuerdo con el espíritu de los tiempos, la consideré moralmente responsable de todos los problemas que viví de adulto. Pero si aquello se hubiera desarrollado de un modo ligeramente distinto —si ella hubiera sentido menos dolor, y por tanto hubiera podido enfrentarse a las cosas con mayor lucidez—, tal vez podríamos haber acabado siendo amigos, cometer nuestro desliz y luego dejarlo estar, y más tarde recordarlo sin más, como un problemático fragmento de nuestra historia. En los años setenta parecía que el suelo estaba moviéndose y cambiando continuamente bajo nuestros pies, pero Eva era una mujer demasiado experimentada como para conformarse con un colegial con la cara llena de granos. Lo que me molesta es que no mostrara algo más de interés por el chico en concreto que se estaba llevando a la cama. Es verdad que entiendo los errores de juicio, la tentación de ceder ante la vanidad, el peso brutal de la soledad, pues los dos éramos personas solitarias que habíamos perdido el atractivo para Sando. En Sawyer, además, había poquísimas oportunidades de establecer una relación, de tejer complicidades y de compartir intimidad. Pero si eso hubiese sido todo lo que había ocurrido entre nosotros —un simple error de juicio, un momento fugaz en busca de alivio—, entonces yo habría tenido muchas menos cosas que lamentar.

Aunque Eva tenía veinticinco años y yo era legalmente menor de edad, estaba seguro de comprenderla mejor que nadie. Si había una persona que no era para nada corriente, esa era Eva. En su época de deportista había sido una de las mejores. Igual que Sando, había vivido en los extremos más peligrosos de su deporte. Poseía un espíritu de guerrera, una implacable necesidad de victoria. Y yo entendía el desdén que Eva sentía por las personas que rehuían la lucha o que se acomodaban a una vida modesta y razonable, a pesar de que esa actitud me asustaba un poco. Con el tiempo, vi que esa postura había sido la causa principal de su lucha con Sando, quien se había impuesto otra tarea, una vía mística que ella ahora consideraba estúpida. A Eva le encantaba oponerse, pero los únicos oponentes con los que había tenido que enfrentarse eran las realidades indiscutibles de la vida: la ley de la gravedad, el temor y los límites de la resistencia. Amaba la nieve con la misma intensidad con que yo amaba el mar, hasta un extremo que resultaba doloroso. Ya no quería ni verla y casi nunca hablaba de ella, pero durante los mejores años de su vida, años que ahora creía desaparecidos para siempre, se había entrenado para volar por encima de la nieve. Ese era su objetivo: volar cada vez más lejos, cada vez más alto, con mayor despreocupación y con más jodida elegancia que cualquier otra persona en el mundo. Nunca entendí las reglas ni la ciencia de esta disciplina, pero reconocía la absoluta determinación con que había que aunar riesgo y audacia al precio que fuera. Estas hazañas exigen un cierto egoísmo, una estrechez de miras que roza el autismo. Todo se conjura contra ti —las normas de la física, el impulso de huir— y estás limitado por cada cucharadita de sentido común que hayas tenido que tragarte. Todo el mundo te dirá que tu objetivo es imposible, inútil, estúpido y estéril. Pero tú resistes. Confías en ti mismo y solo en ti mismo. Y esta estúpida determinación es lo único que tienes.

Sí, teníamos algunas cosas en común, Eva y yo. A los veinticinco años, ella era tan solipsista como cualquier adolescente y no era capaz de tener en cuenta las leyes de la física mucho más que yo. Además, tenía una forma temeraria de comportarse que yo interpretaba como coraje igual que confundí la vanidad de Sando con la sabiduría. Era ácida y colérica, y costaba mucho llevarse bien con ella, pero yo respetaba su desdén hacia las formalidades. Para ella, la vida era demasiado corta como para entorpecerla con normas y obligaciones. Era de darlo todo o irse a casita, y si lograr su objetivo le exigía ser cruel, aceptaba la crueldad. Cuando tienes quince años te gusta esa filosofía de la vida.

No, Eva no era una mujer corriente. Ni tampoco lo era la forma de consuelo que se había buscado. Visto lo ocurrido, yo *no* lo volvería a hacer. La gente dice un montón de tonterías sobre las cosas que ha hecho o que les han hecho a ellos. Si tuviera que hablar de la cantidad de estupideces que he tenido que aguantar en esas reuniones en corro sobre un suelo de linóleo... De acuerdo, Eva no tenía ningún derecho a hacer lo que hizo, pero no quiero odiar ni reprochar nada a nadie. La gente es tonta, no un monstruo.

Eva ponía a veces una extraña mirada triste que solía asomar al final de una tarde como la de aquel sábado lluvioso, y que yo interpretaba como que se había cansado de mí. Siempre me la tomaba como una invitación a irme, y eso fue lo que hice aquel sábado: me puse en pie y me largué. Pero a medida que nuestra relación se fue estrechando, y nos fuimos implicando más y más en aquel desastre, más frecuentes e intensas se hicieron las miradas. Era una expresión de asco y yo la temía. Hoy en día, con la distancia de los años, me pregunto si no la interpreté mal. Puede ser que ese asco estuviera dirigido contra sí misma.

✻

Pasaron las semanas y no tuve noticias de Sando y Loonie. Llegaron uno o dos frentes con olas buenas y pensé en ir a Old Smoky, pero al final no fui. La Brewer se quedó apoyada en la pared del cobertizo de los trastos de mi padre. Fui a la Punta un par de veces con mi pequeña y maciza *twin-fin*, y cuando los del grupito de Angelus me hacían una seña con la cabeza o me sonreían, yo pasaba a su lado remando con una arrogancia tan fingida como innecesaria.

Todo el tiempo libre que tenía lo pasaba con Eva en su casa: en la leñera, en la bañera, en la cama. La ayudaba a hacer los ejercicios de la rehabilitación y le subía las bolsas de la compra por las escaleras. Cuando follábamos o cuando estábamos en el patio, ella daba las órdenes y yo obedecía. Se mostraba irritable y arisca, pero a veces nos reíamos mucho. Un día fuimos al bosque y comimos pollo y bebimos champán e hicimos el amor entre los helechos que había bajo los karris. Por las tardes, si el tiempo era malo, jugábamos al *backgammon* frente a la chimenea y hacíamos el tonto con el perro. Nos fabricábamos ridículos sombreritos de papel y escuchábamos los discos de Captain Beefheart. Varias veces practicamos sexo oral mientras sonaban cantos de ballena o Ravi Shankar, lo mismo me daba una cosa que otra. De vez en cuando se tiraba una hora llorando y no me dejaba tocarla. Yo le decía que la amaba y lo decía en serio. Ella me apartaba de un empujón, me agarraba de nuevo. Yo me sentía eufórico, desdichado, insaciable, agradecido. Había tardes en que me retiraba a la galería, enfermo de culpa, y una hora después ya estaba cabalgándola por detrás con su cabello entre los puños. Me aterrorizaba pensar en Sando. En su propia cama, soltaba su nombre como si fuese una maldición y a ella le gustaba.

Esos sábados y domingos que pasé con Eva, cuando el otoño iba deslizándose rápidamente hacia el invierno, les contaba a mis padres las mentiras de siempre: que me iba a surfear a la costa o que hacía trabajillos ocasionales para Bill Sanderson y su esposa. Aunque procuraba salir y regresar a la hora de siempre, nunca sabía si había conseguido ocultarles lo que estaba pasando. A veces estaba seguro de que sospechaban algo turbio, como el día en que intercambiaron una mirada cómplice cuando salió a relucir el nombre de Sando, pero después prefería atribuirlo a mi propia paranoia y al hecho de que el padre de Loonie había estado soltando pestes de él por todo el pueblo. Después de todo, mis ausencias apenas se salían de lo habitual. Los fines de semana, cuando volvía a casa por la noche, tenía el pelo mojado y estaba tan agotado como siempre. Procuraba no parecer distraído. Nunca me quejaba de sus costumbres tan raras y tan insulsas. Y sobre todo intentaba no llamar la atención. Tanto si volvía a casa exultante como abatido, descubrí que podía fabricarme una actitud idéntica que resultara lo suficientemente engañosa. Y aunque creía estar pendiente de sus estados de ánimo, la verdad es que mi mente estaba en otro sitio. Mi madre y mi padre se habían convertido en figuras en segundo plano. Siempre habían sido personas tranquilas y obsequiosas, pero a lo largo de mi adolescencia, y especialmente en aquel periodo en concreto, se habían transformado en personas tan insustanciales que casi no las conocía. No sabía ni lo que pensaban ni lo que sospechaban ni lo que había sido de sus vidas. Solo podía pensar en Eva.

Eva. La observaba cuando la tenía delante y no me la podía quitar de la cabeza cuando no estaba con ella. Ya no era una niña, pero tampoco era una mujer en el sentido en que lo era mi madre. Y simplemente no podía dejar de mirarla. Ella se alegraba a veces de mi atención, pero otras veces se negaba a complacerme. Cuando se quejaba de que yo la estuviese mirando con ojos de perro fiel y me ahuyentaba con un gesto, yo me buscaba maneras de mirarla sin que se diera cuenta. Lo que más me gustaba era observarla cuando dormía, porque en esos momentos era el vivo retrato de un cuerpo abatido. Dormida, daba la impresión de haber caído rendida por la pasión y la fatiga. A veces babeaba un poco, y la pequeña marca que brillaba en su mejilla era como los húmedos surcos plateados que se le quedaban pegados entre los muslos.

Era más alta que yo, más corpulenta, más fuerte. Si le tocabas la rodilla herida, estaba más caliente que la rodilla sana. Tenía un regusto en la lengua a copos de avena o a la aspereza que le dejaban los analgésicos. Cuando se hacía una trenza era como una radiante soga de amarrar, compacta pero muy suave al tacto. Si se emocionaba o se ponía furiosa, empezaba a jadear un poco. Y cuando hiperventilaba, el jadeo emitía unas sonoridades fantasmagóricas, como si su aliento estuviera formado por muchos alientos juntos.

La estuve observando durante tanto tiempo que descubrí que su cuerpo formaba una secuencia de cuadrados y cubos. Los dientes eran cuadrados, igual que sus orejas. Los pechos y el culo tenían forma de cubo. Y hasta los músculos de las pantorrillas, que se revolvían bajo mis dedos, tenían también sus aristas. Tenía las manos grandes y romas con las uñas cuadradas y con grandes hendiduras en las articulaciones, igual que los pies. Me dio por pensar en la forma de su cuerpo un día en que le pintaba las uñas de los pies de verde lima. Apoyaba un talón cúbico contra mi corazón mientras el otro reposaba, juguetón, en mi regazo. ¡Cómo la contemplaba, qué catálogo llegué a crear con todos sus movimientos! La vi mear, la vi rasurarse las axilas. Decía que yo era un degenerado y a veces me preguntaba si realmente lo era.

Sabía que Eva tenía un permiso de conducir de Utah y un manojo de fotos de su familia que llevaba en el macuto y que no me dejaba ver. Yo tenía muchísima curiosidad por su familia y por Salt Lake City, pero ella se negaba a hablar de eso. Varias veces estuve a punto de mirar el macuto o espiar su armario, pero al final desistí. Prefería esperar a que ella acabara cediendo, y en esto, al menos, mi intuición acertó. Al final me lo contó todo. Incluso llegó un momento en que, para mi consternación, ella prefería hablar en vez de follar.

❊

Eva me contó que un verano conoció a Sando en la costa norte de Oahu. Ella acababa de terminar la universidad en California y él fabricaba tablas para una marca que las distribuía por la costa oeste. Un día hubo una fiesta en una plantación destartalada y a ella le gustó su aspecto y se quedó fascinada por su acento, y luego se colocaron con marihuana Maui Wowie y se fueron juntos. Pasaron una semana entera sin salir de la habitación de hotel de Eva en Waikiki, pero los jefes de Sando lo despidieron por no presentarse al trabajo y él se fue con ella a San Francisco hasta el invierno.

A Sando no le gustaba mucho el frío, y a Eva le disgustaba el mar, pero cada uno instintivamente aceptaba la obsesión del otro. Él era mayor que ella, pero era tan fuerte y tan guapo... Tenía el glamur de la gente que se había pasado la vida bajo el sol. Y además, el sexo entre ellos, según se sintió obligada a revelarme, era sensacional.

Cuando llegó el invierno y volvieron las olas del Pacífico, los amigos surfistas empezaron a llamarlo, así que Eva supo que solo era cuestión de tiempo que Sando volara de nuevo a Oahu. Procuró tomárselo de la mejor forma posible: se lo había pasado muy bien con él y además tenía que concentrarse en la temporada de nieve: ya había empezado a nevar en las Montañas Rocosas. Cada nuevo boletín meteorológico la excitaba, así que antes de que Sando la dejara, ella tomó un avión hacia el este. Pero luego se dio cuenta de que lo echaba muchísimo de menos. A finales de aquel invierno, borracha a base de chupitos de Peppermint, lo llamó por teléfono desde New Hampshire. Al día siguiente, Sando empaquetó sus cosas y se fue a por ella.

De Hawái a la nieve: un salto enorme para Sando. Ella le enseñó a esquiar —esquí alpino y esquí de fondo—, cosa que lo mantuvo en forma y saludable, e

incluso le buscó una tabla de snurfer, lo más parecido
a una tabla de surf que pudo encontrar en las montañas, pero sabía que nunca iba a conseguir alejar a Sando del mar durante mucho tiempo. Hicieron el amor y
bebieron como cosacos y tomaron ácido y nunca habla-
ron de la carrera interrumpida de Sando hasta que terminó la temporada, y entonces, por lo que Eva decía,
él estaba tan loco por ella como en las canciones de Van
Morrison.

Pasaron el verano en Malibú, donde la mitad de los
surfistas eran yonquis y el ambiente horrorizó a Sando.
Le dio por leer y absorbió ideas nuevas sobre dietas y
meditación trascendental. En cuanto al entrenamiento
deportivo, el principal método de Eva era ir de fiesta.
Sando decía que ella se fiaba más de la audacia que de
la técnica. Un día le dijo que solo esquiaba porque era
una niña malcriada y no por voluntad de triunfar. Tuvieron una discusión de mil demonios y ella lo echó de casa.
Dormía en la playa, surfeaba y corría todo el día. Eva le
dejó volver y se tomó en serio el entrenamiento. Él la
hizo trabajar muy duro.

Al invierno siguiente, él la acompañó como entrenador
y como amante. La disciplina mental de Sando la forta-
leció y Eva empezó a esquiar muy bien. Pasó de ser una
deportista dotada pero perezosa —una aficionada rica
que se conformaba con competiciones menores— a ser
una competidora que la gente se tomaba muy en serio.
Cada cierto tiempo, Sando volaba a Hawái o se iba a
Baja California en busca de olas, y ella entendía que él
necesitaba hacerlo. Volvía bronceado y feliz y lleno de
cicatrices. Aquellos días, decía Eva, fueron la vida, la
vida de verdad.

En aquellos tiempos, los esquiadores acrobáticos formaban un grupo salvaje con su propio ecosistema. Por la noche se emborrachaban y se ponían a esquiar por los tejados de los chalets alpinos, atravesando poblados enteros saltando de tejado en tejado. Esquiaban en puentes y en los quitamiedos de las carreteras de montaña. Saltaban encima de los coches y se lanzaban en picado por los barrancos. En las competiciones aéreas asustaban de verdad a la gente. Y como ninguna compañía quería asegurarlos, tenían que competir en un circuito amateur; eran como los locos del *skateboard*. Soñaban con una Copa del Mundo y con participar en unos Juegos Olímpicos con un reglamenteo claro, pero el mundo del esquí era muy conservador y se aferraba a la tradición. Los de la vieja escuela querían que tuvieras los pies en el suelo y que cultivaras un aspecto sofisticado —algo europeo: un rollo a lo Ingrid Bergman con su martini—, mientras que los saltimbanquis querían rock and roll, respirar al aire libre, dar saltos mortales y asustar a la gente en vez de hacer cosas bonitas. Los llamaban locos, gamberros, alborotadores y degenerados. Y tenían razón, decía Eva con cariño: nos gustaba ponerlo todo patas arriba.

El mismo día que se cayó en la competición de la Intermountain, un tipo de Montana se rompió el cuello, y aunque Eva jamás había podido imaginarse que fuera posible un dolor tan intenso como el de aquel día, se dio cuenta de que se había librado de una buena. A diferencia del otro tipo, ella no tendría que pasarse el resto de su vida bebiendo con una pajita. Al fin y al cabo, una rodilla tenía arreglo. Pero la operación salió mal, y después de un segundo intento también fracasado, el padre puso una demanda. Y ahí todo empezó a ir de mal en peor. En Utah se diseñaron nuevas estrategias judiciales, pero las cosas se pusieron feas entre Sando y el padre de Eva, y ella empezó a sentirse la cobaya de un experimento médico-legal. Un día hubo una pelea terrible y la pareja se largó a Australia en busca de reposo. Sando la llevó a la costa oeste, donde había surfeado en los años sesenta. Compraron una parcela de terreno cerca del mar y él empezó a construir la casa, pero antes de que pudiera terminarla, Eva pensó que estaba mucho mejor y los dos volvieron a cruzar el Pacífico para que ella participase en las competiciones de la nueva temporada. El problema es que la rodilla no estaba bien. Desde el momento en que se calzó de nuevo los esquís supo que no tenía la fuerza suficiente, pero se empeñó en creer que sí. Sin embargo, basta un átomo de duda para volverte vulnerable. Cuando estás a dieciséis metros de altura, la única arma que te protege es tu propia fe. Y con independencia de lo mucho que te hayas entrenado, si se resquebraja tu confianza en ti mismo estás en peligro. Aquel día, Eva estaba ansiosa por saltar y aceleró más de la cuenta. Estuvo casi a punto de lograrlo, pero haber acelerado hizo que el aterrizaje fuera muy violento y desequilibrado, así que todo el peso de la caída se concentró en una sola pierna. Fue una mala angulación con la pierna mala, y la rodilla se hizo trizas. Eva salió disparada, aullando, hacia la masa de espectadores. Y nunca más volvió a esquiar.

Eva decía que los momentos justo antes del aterrizaje fueron los últimos momentos felices de su vida. Yo no me lo acababa de creer, pero ella seguía en sus trece.

Y quería que yo la entendiera. Estaba volando. El cielo y la nieve eran del mismo color. Los esquís formaban una cruz que desafiaba los contornos lechosos del paisaje.

Cuando hablaba de aquellos momentos fantasmales, tan serenos, no trasmitía amargura ni tristeza. Pero el éxtasis con que hablaba de aquello me ponía muy nervioso.

Echo de menos el miedo, me dijo. Es la pura verdad.

✻

Pronto ya no hubo casi sexo ni charlas en casa de Eva. Fumábamos hachís y mirábamos la lluvia y yo me preguntaba si ella había decidido ya que había hablado demasiado. Durante un tiempo había existido una pasión urgente y furiosa entre nosotros, pero ahora se había instalado una cierta levedad, como si la rabia de Eva se hubiera apaciguado. Fue entonces cuando pude conocerla mejor y empezó a hablarme de su vida. Una vez más, me sentí un elegido. Su confianza me hizo sentir mucho mejor. Yo lo vivía como si fuera amor, o al menos amistad, pero nuestra relación de camaradería también fue debilitándose. Eva volvió a sentirse muy agitada, y su humor volvió a agriarse. Poseída por la furia, me chinchaba y me provocaba. Tomaba muchas pastillas y fumaba tanto hachís que la mitad del tiempo parecía totalmente ida. Cuando su mirada se cruzaba con la mía, no hacía ningún esfuerzo por ocultar su indiferencia. En las raras ocasiones en que me llevaba de nuevo a la cama, gritaba el nombre de Sando en mis narices. Follábamos hasta que a mí me dolía todo y ella se echaba a llorar.

Un sábado por la mañana, después de uno de esos encuentros desdichados, saltó de la cama para ir al baño, y cuando volvió, vi que le había cambiado la forma del vientre. La pelvis estaba más hinchada. Captó mi mirada.

¿Qué pasa?

Nada.

Estoy hinchada, dijo.

No, no.

Me pasa todos los meses.

¿Sí?

Por Dios, Pikelet, ¿pero es que no sabes nada de nada?

No, reconocí, desolado. No sé nada.

Pobre niñito.

Bueno, sé que te has hartado de mí.

Sí, pero en realidad no es culpa tuya.

Sentí que estaba a punto de echarme a llorar. Apreté los dientes con toda la fuerza que pude.

Pero mira, dijo, como si me arrojara un salvavidas, podríamos jugar a una cosa.

Del fondo del armario sacó una correa de cuero y una bolsa rosa de celofán. La correa terminaba en un collar acolchado que tenía una anilla deslizante de metal. Solté un bufido nervioso, esperando que hiciera un chiste, pero Eva manejaba esos accesorios con una solemnidad que me hizo sentir una especie de tormenta en el fondo del estómago.

No entiendo nada, dije.

Ya te enseñaré, musitó.

¿Y si no quiero?

Pues me habrás decepcionado.

Eva se sentó en la cama, a mi lado. Se colocó la correa sobre el muslo mientras yo cavilaba sobre las posibles consecuencias de su decepción.

Bueno, enséñame, dije.

Sabes hiperventilar, ¿no?

Asentí cauteloso.

Pues viene a ser lo mismo.

Miré el collarín acolchado y la anilla de metal que venía a hacer las funciones de un nudo corredizo. Desde donde yo estaba se olía el sudor y el perfume del cuero.

¿Te *cuelgas*?

Sí. A veces.

Joder. ¿Y por qué?

Porque me gusta.

Pero ¿por qué te gusta?

Porque esto, hombrecito, dijo, mientras me daba un golpecito burlón con la correa, hace que me corra como si llevara dentro un puto tren de mercancías.

Increíble, murmuré.

Sonrió. Intenté imaginar cómo funcionaba aquello.

¿Y cómo sabes cuándo tienes que parar?

Con la práctica, supongo. Ya lo verás.

¿Yo? Ni de coña.

Venga, Pikelet, dijo en tono tranquilizador, pero si os he oído hablar mil veces de vuestras cosas: manchitas, estrellitas, visión de túnel. Es lo mismo.

¿Pretendes que… me ahorque?

No.

Ni loco lo haré.

Claro que no.

Entonces, ¿de qué va esto? ¿Qué quieres que haga?

Por un instante, Eva puso una expresión inocente. Me pasó los dedos por el pelo.

Quiero que mires.

Joder, Eva.

Así es mucho mejor. Es algo que no se puede explicar.

No sé...

Y es más seguro. Es como tener un compañero de buceo.

Me incorporé en la cama, inquieto y asqueado. Ya había empezado a odiar el olor penetrante del cuero.

No puedo, le dije. No deberías pedírmelo.

Soltó un suspiro. Vale, de acuerdo.

Eva apartó los accesorios de la cama y empezó a vestirse. Sentí el peso repentino de su decepción. El día se había terminado. Volvería pronto a casa.

Lo siento, dije.

Vale, dijo, mientras se ponía una camiseta.

Es que...

Lo haré yo solita, Pikelet. Ya soy mayor.

Pero es peligroso.

El que no juega no gana, ¿no?

Me di cuenta de que Eva ya me había despedido, pero aun así estuve mirando cómo se cepillaba el pelo.

¿Y qué vas a hacer ahora?

Tengo un espejo, dijo, sin haber captado el sentido de mi pregunta. Así me puedo ver.

¿Sando lo hace contigo?

Se dio la vuelta y me miró fijamente.

No tengo por qué contestar a eso.

Pero ¿cómo empezaste a hacerlo?

Tampoco voy a contestar a eso.

Agarró el filo de la sábana arrugada como si quisiera darle un tirón y arrancarla de debajo de mi cuerpo. Me fijé en la curva arrebatadora de los pechos que se le marcaba bajo la camiseta. Me invadió un ataque de pánico ante la idea de no volver a verla.

No quiero que te mates, dije.

No lo haré. No, si me miras.

Cogí la sábana y le di un tirón tan fuerte que Eva se tambaleó un poco. La pierna mala cedió y tuvo que agarrarse a los bajos de la cama. Alargué el brazo y metí la mano bajo la camiseta y le cogí los pechos y nos quedamos mirándonos el uno al otro hasta que se quitó las bragas y se metió debajo de mí.

Te quiero, murmuré.

Ya lo veremos.

Pero no uses la correa.

De acuerdo, cielo. No la necesitaremos.

Se quitó la camiseta y me metió un pezón en la boca y se lo chupé con avidez, convencido de haber ganado una victoria moral. Pero en cuanto nos empezamos a excitar, Eva se desembarazó de mí, metió el brazo bajo la cama y cogió la bolsa de celofán.

Prácticamente no participé en su juego. Hice más bien de público, y lo único que aporté fue un poco de peso corporal y unas manos que sujetaban con firmeza. En el tocadiscos sonaban cantos de ballena, gemidos sobrenaturales y chasquidos y chillidos. Eva tenía la cabeza apoyada en la almohada y volvió a meterme dentro de ella hasta que estuvimos jadeando otra vez, entonces se colocó la bolsa en la cabeza como si fuera una capucha y la sujetó fuerte a la garganta de manera que se hinchaba y deshinchaba con cada nueva respiración. El plástico era de color rosa transparente y los rasgos de Eva que se veían al otro lado parecían desenfocados. Enseguida el plástico se llenó de vaho y ya solo pude ver los contornos de la nariz y de la barbilla y la profunda hendidura de la boca cada vez que hacía una nueva inspiración. Ahora tenía que esforzarse muchísimo por encontrar aire. El esternón se le cubrió de una pátina de sudor y el lustre del cuello violentado se fue transformando en perlas y luego en regatos, y mientras tanto, los espectros de las ballenas retumbaban y ululaban por toda la casa. Cuando me hizo la señal, hice lo que me había ordenado. Me tumbé sobre su pecho. Y empecé a estrangularla poco a poco.

Antes de que empezara a estremecerse, pensé en los chicos que se caían desvanecidos al suelo. Con la cara llena de manchas. Y los labios azules. Y en los miembros rígidos de los que morían fulminados a golpes. Como bueyes electrocutados en el matadero. Y recordé cómo todo sonido y toda luz se iban contrayendo hasta quedar reducidos a algo tan fino como un hilo de cobre.

Los músculos de la pelvis de Eva se retorcieron y agarrotaron y me corrí antes de que pudiera darme cuenta de que ella había perdido la conciencia y antes de que le arrancara la bolsa y le pudiera ver el cuello. Pero en realidad fue el perro el que me animó a actuar. Ni siquiera oí llegar a la pobre criatura, pero algo la había sacado de la duermevela frente a la chimenea y de repente se había plantado junto a la cama, gruñendo y golpeteando y mordisqueándome los brazos.

La bolsa se soltó con un mechón de pelo de Eva. Tenía los ojos en blanco y estaba empapada en sudor. El cuello no paraba de vibrar con pequeñas sacudidas y empecé a gritar sin hacer caso al perro enloquecido que me arañaba.

¡Eva! ¡Respira!

Yo tenía quince años y tenía mucho miedo. El sexo de nuevo era un misterio perturbador. No podía entender el amor ni mucho menos la fisiología. Había llegado tan lejos y a tal profundidad que incluso ahora me aterrorizo de recordarlo. Sí, tenía miedo, pero ni de lejos era todo el miedo que uno pudiera sentir. No entendía el peligro real que corría Eva. Con el perro a mi lado no me atreví a darle una bofetada ni a sacudirla a empellones. Me limité a chillar.

Al final hubo un ruido que salió de lo más profundo de su cabeza. No era muy distinto de aquel ruido que mi viejo hacía en mitad de la noche. Luego hubo un espasmo acompañado de un vagido. Los brazos de Eva salieron despedidos con tanta fuerza y tan repentinamente que me golpearon las orejas. Las piernas sufrían convulsiones. Empezó a tragar aire como una loca.

❉

Sabía que Eva me estaba esperando, pero al día siguiente no fui a su casa. En vez de eso, me levanté temprano, reventado por la fatiga, y me fui a caminar bajo la lluvia por el bosque, que estaba invadido por la bruma. No había nadie y lo agradecí porque estaba hecho un lío. Cuanto más caminaba, y cuanta más hambre sentía y más cansado estaba, más furia había en mi interior.

Había sido un idiota: eso lo veía ahora muy claro. No era culpa de Eva que su vida hubiera descarrilado, y no le reprochaba que no pudiera o no quisiera explicar nada. Era lo que era y yo la quería. Pero no podía engañarme pensando que el sentimiento era mutuo. Por mucho que me reclamara a su lado, ella no me quería. Solamente llevábamos unas cuantas semanas y ya ni siquiera recordaba cómo había empezado todo. ¿Había ocurrido por accidente o ella lo había planeado todo desde el principio, hasta la misma aparición de la bolsa de celofán? ¿Y por qué me había elegido a mí? ¿Lo hizo porque Sando no quería jugar a su jueguecito? Era un loco, pero a lo mejor había cosas que no estaba dispuesto a hacer, y ahí era donde aparecía yo, el niñito estúpido incapaz de decirle que no a Eva. ¿Cómo podía Sando haberse resistido tanto tiempo? Eva Sanderson no era una persona fácil de rechazar. ¿Se resistió a hacerlo por amor o por disciplina mental? Fuera como fuese, al menos lo admiraba por haberlo logrado. Yo amaba a su mujer. Pero deseaba que él volviera a casa y me rescatara de ella.

La llamé el lunes desde el instituto y al principio estaba enfadadísima pero luego se echó a llorar. La había llamado para decirle que se había acabado todo y que ya no podía continuar, pero al final no me atreví a decírselo. Cuando colgué el teléfono, me sentía como un cabrón por haberla hecho llorar.

Al día siguiente, a la hora del comedor, la furgoneta estaba aparcada frente al gimnasio. Mi corazón dio un salto al verla.

Lo siento, dijo Eva cuando me acerqué a la ventanilla.

Yo también, dije en voz muy baja.

Vamos a dar una vuelta, ¿te parece?

Volví un segundo la vista atrás. Unos chicos pateaban una lata de Fanta en la cancha de netball.

Solo tengo media hora.

No hay problema. Sube.

Fuimos hasta el monumento a los caídos y nos pusimos a mirar el mar y los islotes y las ensenadas y estuvimos un rato en silencio. Me dio la impresión de que Eva estaba reuniendo fuerzas para decirme algo importante. Y entonces se acercó a mí y me puso una mano en el regazo.

Eres bueno conmigo.

¿Bueno?

Nadie es tan bueno como tú, Pikelet.

¿De verdad?

De verdad.

Me desabrochó los pantalones y sacó mi dolorida polla y me hizo una mamada allí mismo, en el aparcamiento, en pleno mediodía. A los diez minutos, yo ya estaba de vuelta en el instituto.

✳

No volví a verla en toda la semana, pero el sábado fui en bici directamente a su casa. El perro parecía desconfiar de mí, pero ella me sonrió.

Me apetece dar un paseo, dijo. ¿Quieres ir conmigo?

¿Y la pierna?

Quiero ejercitarla un poco.

Vale, dije. Si quieres, adelante.

Fuimos caminando hacia los acantilados atravesando las colinas boscosas. El perro iba delante. No había caminos. Era poco probable que nos encontrásemos a alguien por allí, pero aun así no era muy prudente dejarse ver. Eva parecía relajada. Cojeaba muy levemente cuando partimos, pero al llegar al promontorio que daba a Old Smoky, la pierna le dolía de verdad.

¿Estás bien?

Sí, muy bien.

No lo parece.

He dicho que estoy bien.

Pero nos detuvimos al llegar al filo de los acantilados batidos por el viento y no seguimos caminando más. Estuve un rato mirando la rompiente, que aquel día no era más que una acumulación oscura e intermitente de ondulaciones dispersas.

Parece una cosa bastante idiota, ¿no?

¿El qué? ¿Venir hasta aquí?

No, tonto. Remar un kilómetro y medio para llegar hasta allá y ponerse a surfear. Y encima solo.

Sí.

Pero supongo que necesitabas hacerlo.

Tenía razón, pero no quise contestar. No tenía ningunas ganas de hablar de aquello.

Te comprendo, Pikelet. Y también comprendo a Sando. Pero a él nunca le han arrebatado algo muy valioso.

Eva…

Pero tú, dijo, cogiéndome la mano, tú eres diferente. Lo veo en tu cara. Tienes esa expresión… como si esperaras perder algo, o perderlo todo, en cualquier momento.

Cuando me cogió la mano, me sentí traspasado por una corriente eléctrica. Quería bajarle los vaqueros y separarle las piernas y meterme dentro de ella. Quería aplastarla contra el suelo rocoso y follarla hasta que empezara a gritar mi nombre. Pero ella siguió hablando y al final no pasó nada y yo me estuve allí quieto, escuchando con el corazón alterado hasta que me tiró del brazo y dijo que era hora de volver.

A mitad de camino, Eva ya no podía caminar. La cara se le había puesto blanca. Tuvo que apoyarse un rato en mí, recostándose, dando saltitos, hasta que eso también le resultó imposible y tuve que llevarla a caballito por aquel terreno agreste y lleno de obstáculos. Durante los primeros segundos, cuando se subió a mi espalda y estrechó los muslos contra mi cintura y apretó los pechos contra mi columna, casi me volví loco de orgullo y lujuria y de una estúpida sensación de triunfo. Me imaginaba llevándola a casa como si yo fuera un príncipe guerrero. Y luego, cuando di el primer paso, apoyó la mejilla caliente contra mi cuello y pude oler el aroma a pera de sus cabellos. Pero aquel sentimiento solo duró un minuto. Eva pesaba mucho. Y me acordé de lo lejos que estaba su casa.

Cuando llegamos, estaba agotado. El cielo estaba cargado de negras nubes de lluvia. El perro nos siguió apático por la explanada y se metió en la cripta mientras yo subía a Eva por la escalera.

Eva agarró las pastillas y la pipa de hachís y se tumbó en el sofá hasta que pudo recuperar el habla.

Haces bien, dijo. Haces bien en pensar que te lo van a

arrebatar todo, Pikelet. Porque eso pasará. De hecho, puede pasar en cualquier momento. Y mira, a lo mejor hasta debería pasar.

No me gustó el tono de su voz. Pensé que lo mejor sería irme.

Pero me quedé. Nos dimos un baño juntos, como en las películas. Fumamos un poco de hachís y subí a la cama con ella y cuando sacó la bolsa de plástico hice todo lo posible para satisfacerla.

Durante una semana o dos, Eva vino a recogerme al instituto o yo me saltaba las clases y quedaba con ella en el malecón para ir juntos en la furgoneta a las playas solitarias. Nos volvimos más atrevidos e impulsivos, y estábamos tan cansados que cuando no estábamos follando nos pasábamos la vida discutiendo como si estuviéramos casados. Y los fines de semana, en contra de mis deseos, la estrangulaba.

Era algo que odiaba. Pero con el tiempo descubrí que para ella todo lo demás era un mero cortejo amoroso, un peaje que le permitía llegar a donde realmente quería. Yo detestaba los horribles crujidos de la bolsa y la sucia capa que el aliento formaba en su interior. Llegué a odiar toda clase de máscaras y capuchas, y rostros demacrados sin facciones, y ahora que hago memoria es posible que también llegara a odiar a Eva.

❊

Alguien me dijo una vez que yo tenía la típica personalidad adictiva. Tuve que reírme. Me arrojó a la cara un vaso de plástico lleno de agua y yo me quedé ahí sentado, sonriendo y mirando los mil cortes que ella tenía en la cara interior de los brazos. Los enfermeros tuvieron que entrar a vigilarnos, rígidos y silenciosos como fantasmas.

Cuando yo nací, le dije, respiré por primera vez y enseguida quise respirar más. Encontré el pezón de mi madre y me puse a chupar. Me gustó. Y quise más. Eso es lo que se denomina ser humano.

Ya sé lo que eres, masculló la mujer.

Sí, dije. Tú eres la experta.

Se la llevaron al comedor para la cena y me quedé allí, solo, sonriendo como un idiota mientras las lágrimas rodaban por mis mejillas.

❊

La última burbuja que aspira la conciencia. El pánico que asciende por la garganta. Y sí, un delicioso rebote de chiribitas.

Supongo que yo sabía muy bien a qué se parecía todo eso. Era algo intenso, devorador y que hasta podía llegar a resultar bello. Esa sensación desmesurada cuando llegas al extremo de todo y alcanzas un punto en el que lo único que te separa de la nada es la ruleta de la memoria corporal, esos últimos espasmos desesperados de tu cuerpo que intenta reiniciarse. Te sientes exultante, invencible, angelical porque estás total y jodidamente envenenado. Por dentro es una cosa enorme, te sientes fantásticamente bien. Pero por fuera es de una sordidez inimaginable.

De niño, yo no sabía lo que era la acidosis respiratoria,

ni podía llegar a imaginar jamás la absoluta imprevisi-
bilidad de las prematuras contracciones ventriculares
que pueden empujar a un cuerpo a sufrir un paro car-
díaco. Yo era tan tonto y estaba tan cachondo como
cualquier otro colegial: un capullo en busca de emociones fuertes, y desde que iba a la escuela primaria me
había dedicado a buscar la forma de acojonarme al
máximo, pero cada vez que soltaba la garganta de Eva
y arrancaba de su cara la delgada bolsa llena de babas,
yo no veía ahí el éxtasis. Lo que veía ahí era la muerte
llamándola como si fueran las campanas de la iglesia.

Así que empecé a engañarla. No me quedaba otra
opción. Estaba resentido con Eva Sanderson, pero no
deseaba que muriese. Y desde luego no quería ser el
idiota que se tuviera que comer el marrón, el cretino que
llamara a la ambulancia, el tipo que había dejado sus
huellas dactilares por todo su cuello como si fueran chu-
petones. Yo estaba tan aterrorizado que ni siquiera
podía empalmarme, así que tuve que empezar a fingir,
hasta que al final lo estaba fingiendo todo. De todas
formas, ella ya se lo hacía todo sola; para entonces ya
se movía con el piloto automático puesto.

Cuando me pedía que la ahogara, descubrí que podía
apoyarme en los codos y hacerle creer que mi cuerpo
reposaba sobre el suyo pero sin descargar todo el peso
sobre ella. Cuando le agarraba la garganta, hacía todo
el ruido posible de estar haciendo esfuerzo, pero le iba
aplicando cada vez menos presión. Procuraba meter los
dedos en la bolsa para que entrara un poco de aire. Y
después le soplaba aire en la cara mientras fingía estar
gritándole cosas. A veces ni siquiera le tocaba la garganta. Ponía las palmas de las manos sobre su cuello, sin

tocarlo, y le preguntaba si podía sentirlas, si podía sentirlas, y ella me decía que sí porque eso era lo que esperaba y porque yo estaba allí y ella se imaginaba que yo le estaba apretando el cuello. En realidad estaba ciega dentro de su bolsa repleta de vaho, totalmente intoxicada por la idea de lo que estaba haciendo, y yo planeaba por encima de ella con las palmas extendidas sobre su cuello como si fuera un niño chamán que le estaba insuflando la vida y la estaba rescatando de la trepidante oscuridad.

Me pregunto si llegó a darse cuenta de todo eso. Lo cierto es que se volvió cada vez más irritable, como si el sexo ya no pudiera saciarla. Una vez, cuando me empecé a reír de lo estúpidos que éramos cuando hacíamos aquello, y de lo ridículo que era aullar y retorcernos como hacíamos mientras el perro arañaba la puerta, me dio una bofetada tan fuerte que volví en bici a casa y me tumbé en la cama y le grité a mi madre que por favor apagara el puto aspirador y se buscara de una vez una vida de verdad.

Y yo fingía. La quería, pero también deseaba librarme de ella. Y me daba miedo. Y tenía miedo por ella. Estaba metido en una trampa. Era como si un remolino gigantesco me hubiera atrapado y nada —ni siquiera el regreso de Sando— pudiera salvarme.

Pero al final ocurrió algo. Un relámpago azul índigo. La gruesa vena lívida que había empezado a formarse en el vientre tirante de Eva. Era imposible no verla. Ni siquiera yo era tan tonto como para no darme cuenta.

Una tarde, yo estaba en la cama, extenuado y asqueado, cuando salió desnuda del baño lleno de vapor con una toalla enrollada en la cabeza. Ahora estaba justo delante de mí.

Eva, dije, estás embarazada.

Algo cedió en su rostro. Se quitó la toalla de la cabeza y la anudó alrededor de la cintura. En pocas semanas necesitaría una toalla mucho más grande.

Estaba pensando cómo decírtelo.

¿De veras?

Vete a casa, murmuró. Se ha acabado la diversión.

Joder, dije. Que te jodan.

Venga ya, dijo entre dientes. Ya sabías que algún día se tendría que acabar. No puedo hacer esta mierda si estoy esperando un bebé.

¿Es mío?

No seas idiota.

Intenté hacer las cuentas pero ni siquiera sabía los números que debía usar.

No me lo puedo creer.

Pues tienes que creértelo. Es la pura verdad.

Tumbado en la cama, sentí que la sorpresa se transformaba en alivio. Y no tanto por el hecho de que el niño no fuera mío, sino porque de pronto me sentí liberado. Había aparecido una nueva fuerza que la obligaba a tomar una decisión.

Eva volvió a entrar en el cuarto de baño y limpió el vaho del espejo y empezó a cepillarse el cabello mientras yo la miraba desde la puerta. Observé sus anchos hombros y la espalda compacta, la estrecha cintura, las nalgas femeninas, rectangulares, y la forma en que descargaba el peso sobre una pierna incluso cuando se cepillaba el largo cabello mojado. Me sentí extrañamente avergonzado, como si hubiéramos regresado a los roles de nuestra vida anterior. Y allí estaba yo, un visitante que había llegado a su casa, un colegial que miraba sin permiso a una mujer mayor metida en el baño. La luz plana del sábado por la tarde invadía cada rincón de la casa.

¿Quieres que vaya a cortar leña?

No, gracias. Vete a casa.

El domingo le di una sorpresa a mi padre cuando me fui a la valla trasera y me puse a arrancar con él las malas hierbas del invierno y luego quemamos todas las que no habíamos podido escardar. Estuvo vacilante, como atemorizado por mi compañía. Al anochecer, cuando vigilábamos con un saco y una manguera el cortafuegos que habíamos montado alrededor de los extremos humeantes de las hogueras, se aclaró la garganta y me dijo:

Ayer vino el padre de Loonie a verme.

¿Sí?, pregunté.

Ya sabes que no me cae bien.

Sí, lo sé.

Pero me habló de la gente que ves cuando te vas a la costa. Me dijo que Loonie ha descarrilado por completo. No atiende a razones. Hijo, ese chico era amigo tuyo, ¿no?

Sí, dije.

No entiendo nada de nada. Pero creo que no deberías volver a ir por allá.

Asentí. Vale, de acuerdo.

Sonrió y me sentí despreciable al pensar en lo fácil que

había sido acceder a sus deseos cuando un mes antes lo habría mandado directamente a paseo.

Buen chico, dijo, mientras se quitaba una mancha de ceniza de la barbilla sin afeitar. Buen chico.

✤

Algo más de una semana después, Sando volvió. Me lo encontré cuando salía de la gasolinera BP de Sawyer y estuve a punto de cagarme encima. Tenía la piel tostada, el pelo canoso y parecía feliz.

Hola, dijo. Voy a ser padre.

Fabuloso, dije. Ahora veo por qué la veía diferente.

Increíble, ¿eh?

Y tanto, tío. Felicidades.

Nos dimos torpemente la mano.

Óyeme, dijo, mientras me sujetaba la mano con una fuerza que casi resultaba dolorosa, estuviste cortando una cantidad brutal de leña, tío.

Bueno, es que casi no hubo olas.

No quiero que pienses que no me doy cuenta de esas cosas.

Me eché a reír de forma muy poco convincente. No sabía si estaba hablándome con doble sentido. Me pregunté si todavía se veían los moratones en el cuello de Eva, o si me había dejado algo que pudiera delatarme. También llegué a pensar, pero eso fue después, que a lo mejor ellos se habían contado todo lo que habían hecho durante aquellas semanas de separación, y que quizá esa era su manera de seguir juntos.

¿Y cómo fue el viaje?, pregunté tartamudeando.

Movidito.

¿Pillasteis olas?

Dios, pillamos de todo. Mareos, tiros, palizas, picaduras de araña, infecciones, deportaciones. Pero también olas cojonudas.

No he visto a Loonie, dije.

Ni yo tampoco.

¿No ha vuelto contigo?

Qué va. El cabrón me dejó tirado y se fue en barco a Nías.

¿Qué pasó?

No quería volver, supongo.

Joder.

Qué cabezota de mierda. Un puto loco, en realidad.

En aquel momento, Fat Bob, el mecánico, salió de las sombras del taller. Sando me dio una palmada en el hombro.

Estate al loro del tiempo. Iremos a Old Smoky, ¿eh?

Claro.

Sin falta. Pásate un día por casa.

Sí, lo haré.

Pero nunca volvimos a surfear juntos en Old Smoky. Tampoco volví a su casa, sino que hice todo lo posible para mantenerme alejado de ellos dos.

Hay días de primavera en el sur, cuando los zarzos dorados rebosan de ramilletes amarillos y de polen que se te sube a la cabeza, y los pájaros azúcar y los mieleros se vuelven locos saqueándolo todo, y la tierra mojada humea bajo tus pies mientras luce el sol, y tú te sientes más joven y más fuerte de lo que eres. Sí, la fuerza restauradora de la naturaleza. Reconozco su poder, incluso hasta el extremo de engañarme por completo. A veces, cuando no tengo que ir al trabajo, voy hasta allá a cortar los hierbajos y a quemar la maleza igual que hacía mi padre, y luego voy a surfear a la Punta con la esperanza de recuperar la razón perdida. Pero he aprendido a resistirme a la magia tóxica de la primavera. Durante la primavera dejas de controlarte, y cuando eso ocurre, eres capaz de creerte cualquier cosa. Empiezas a sentirte a salvo. Y luego te crees invencible. Los inviernos se hacen muy largos en Sawyer. Un poquito de sol y de néctar se te sube enseguida a la cabeza.

Me encontré a Eva en el supermercado. Fue en octubre y ella llevaba una falda larga y sandalias. Estaba en un pasillo muy estrecho mirando un cubo lleno de trampas para ratones. Tenía la cara más llena y llevaba el pelo recogido con un pasador. Cuando me fijé en su vientre hinchado sentí una leve punzada de lujuria. Me di la vuelta y la oí llamarme por mi nombre y salí muy deprisa del súper hacia la calle soñolienta.

En noviembre, Frank Loon pilló a Sando en la calle y le soltó un puñetazo, pero el más joven tenía buenos reflejos. Luego hubo empujones y forcejeos delante del banco y el señor Loon le amenazó. A partir de aquel día, Sando y Eva fueron a hacer las compras a Angelus, a cincuenta kilómetros de distancia.

Yo dormía poco. Algunas noches me levantaba y me iba sigilosamente al cobertizo de los trastos de mi padre y me ponía a afilarle las herramientas. Una mañana, mi madre me sorprendió allí, dormido y con el hacha caída a mis pies. Me preguntó si tenía algún problema y le dije que no. Y probablemente creí que le estaba diciendo la verdad.

A veces, los fines de semana, iba en bici hasta la costa a surfear. En varias ocasiones subí hasta la parte trasera de la casa de Sando y me escondía entre los frondosos matorrales y me ponía a contemplar la casa. Me situaba a sotavento para evitar que el perro me detectase, y aunque una vez me localizó, no lanzó la alarma. Vi a Eva tendiendo ropa al sol, vi cómo relucía su vientre desnudo, vi las bragas y sostenes que estaba colgando del hilo, y me sentí como un sucio colegial por estar observándola. Me asaltó el impulso de esperar un rato más hasta que no hubiera nadie y pudiera ir a escondidas a apretar la cara contra su ropa interior mojada, o de colarme en la cripta y hacerme una paja pensando en sus pechos hinchados. Pero nunca lo hice.

Aquel año estuve a punto de suspender el curso entero del instituto y me avergonzó la mirada desconsolada que vi en el rostro de mi madre. El informe escolar aconsejaba que dejara el instituto y me matriculase en un módulo de enseñanza profesional, pero le dije a mi madre que me iba a quedar en el instituto y que al final me sacaría el título. Durante las vacaciones de Navidad encontré todos los libros del temario del curso siguiente y los leía por la noche, hasta muy tarde, mientras mi viejo roncaba y dejaba de respirar, roncaba y dejaba de respirar, como un hombre que estuviera repasando una cuchilla en una piedra de afilar.

❋

El nuevo año tenía dos semanas de vida cuando, una mañana, me encontré surfeando al lado de Sando en la Punta. En vez de traje de neopreno, llevaba el torso desnudo y nada más que un bañador de natación, y estaba haciendo *nose-riding* con un viejo tablón de los años cincuenta. Tenía buen aspecto, fornido y bronceado, cuando salió de la ola y se vino hacia donde yo estaba.

Pikelet, dijo.

¿Cómo es que llevas ese bañador? Parece que tienes un periquito metido ahí dentro.

El perro se comió mis bermudas. Pero ¿qué hay de malo con mi bañadorcito Speedo? Esta nación es lo que es gracias a ellos.

Estás asustando a la gente.

Mejor así, dijo. Les viene bien asustarse un poco.

Remamos juntos hasta la rompiente y esperamos a que llegara la siguiente serie.

¿Cómo te va la vida?, preguntó.

Bien, mentí.

Ahora que lo pienso, no quieres saber nada de nosotros.

Estoy muy liado con el instituto.

¿Has tenido noticias de Loonie?, preguntó. Tuvo la cortesía de no mencionar que estábamos en mitad de las vacaciones de verano.

No, ni una palabra.

Tío, vaya decepción que me he llevado.

Ya me imagino.

Mira, llegué a pensar que era un fuera de serie, ¿sabes? Que nunca sería un tipo corriente.

Tal vez no esté tan mal ser un simple tipo corriente.

Pikelet, tienes que largarte de este puto pueblo.

Me encogí de hombros.

Ven a vernos, capullo.

Pillé una ola y luego fui caminando sobre la arena ardiente hasta donde estaba Eva, tumbada al sol con un libro en las manos. Llevaba un viejo sombrero de paja y tenía el pelo resplandeciente y la piel más bronceada que le había visto nunca. Estaba muy atractiva con un bikini de lunares. Tenía los pechos enormes y su vientre centelleaba. Su ombligo ensanchado era como el tallo de una fruta. Cuando me vio, se puso en pie. Observé el maravilloso balanceo de su espalda y sonreí.

Horrible, ¿no?

No, contesté, pendiente de los bañistas que pasaban cerca de nosotros. No, es hermoso.

¡Pero qué dices!

Lo digo en serio.

Tío, eres un *pervertido*, dijo con insólito afecto.

Dios los cría y ellos se juntan, dije, riendo melancólico.

Nos vamos de aquí, Pikelet. Cuando nazca el niño.

Oh, dije. Debería haber sentido alivio, pero en realidad sentí un rapto de terror y ella debió de verlo.

¿Tanto te preocupa?

Rasqué un poquito de cera del canto de mi vieja *twin-fin*.

¿Pikelet?

¿Podría verte otra vez?, pregunté sin levantar la vista.

Oh, niño, no, no.

Solo una vez. ¿Por favor?

Pikelet...

Me lo debes, dije, sin saber muy bien qué clase de amenaza acababa de proferir.

A la mierda, Pikelet.

Luego te dejaré en paz. Pero una vez.

Jamás la hubiera traicionado contando lo nuestro, pero ella debió de tomárselo como un peligro muy real.

Vale, dijo, con tanta amargura en la voz que sonó como si me hubiera dado un bofetón. Por los viejos tiempos, ¿te parece?

Un jueves, cuando Sando estaba en Angelus, fui en bici a su casa y me recibió el perro. Eva no quiso que subiera a la casa, así que sin más preámbulos nos metimos en las sombras de la cripta invadida por los olores a tierra y a cera y a fibra de vidrio. Me arrodillé y le quité el vestido y le besé la dura protuberancia del vientre mientras ella pasaba sin mucho interés las manos por mi pelo. Tenía los pechos largos y pesados y todo lo que había entre sus muslos era blando y húmedo y jugoso.

Date prisa, dijo.

Lo siento mucho, dije.

Ahora somos los dos los que lo sentimos mucho.

Se dio la vuelta y se apoyó en el banco de trabajo y lo hicimos despacio y con mucho cuidado. Yo la tenía agarrada por su espléndido vientre y veía las venas que se le marcaban orgullosas en el cuello y el sudor que resbalaba por su espalda, y cuando todo hubo terminado, ninguno de los dos fingió estar contento.

Nunca llegué a ver al bebé. En febrero, mi viejo tuvo un accidente en la cinta transportadora del aserradero. El informe inicial no encontró nada punible y lo atribuyó todo a un descuido. Y peor sería que lo hubiera atrapado una hoja de sierra, o cosas aún más peligrosas, ya que al fin y al cabo no había sufrido la amputación de ningún miembro. Pero cuando mamá y yo fuimos al hospital de Angelus, vimos que tenía media cara aplastada y nos dijeron que tenía una grave fractura de cráneo porque la cinta transportadora lo había arrojado contra una viga de acero. No era culpa de nadie, solo un horrible accidente.

Nunca recuperó el conocimiento.

Eva tuvo a su bebé en el mismo hospital mientras mi padre estuvo ingresado. Fue un niño, o eso oí decir. Ya hacía mucho tiempo que les habían dado el alta a Eva y a su hijo cuando murió mi padre. Lo enterramos en el cementerio de los pioneros que hay en la ribera del río. Al entierro fueron todos sus compañeros de la fábrica. Frank Loon estuvo allí, pero los Sanderson no aparecieron. Puede ser que ya se hubieran ido a vivir a otro sitio.

La muerte de mi padre me afectó con una furia que sentí dirigida a mí como algo personal e individualizado. Me la tomé como un castigo que me hizo salir a la superficie. En los meses posteriores, mamá me miraba con temor, como si fuera un extraño. Pero ahora sabía que no había sitio en mi vida para riesgos estúpidos. La muerte estaba en todas partes, esperando, acechando, creciendo. Siempre estaría abalanzándose sobre mí y los míos y me dije que ya no podía permitirme el lujo de cortejarla.

Empujado por la soledad y el remordimiento, y por el deseo de resarcir de algún modo a mi madre, puse todo mi empeño en las asignaturas del instituto. No fui mucho a surfear y prácticamente no me relacionaba con nadie, lo que me creó fama de bicho raro. Mis dos últimos cursos en el instituto fueron vacuos y angustiosos, pero gracias a un régimen que se fundaba más en la dura disciplina que en la curiosidad intelectual, logré salir del fondo de la clase e ir remontando hacia arriba. Al final conseguí unas calificaciones excelentes, pero nunca puse el corazón en lo que hacía.

La gente decía que la muerte de mi viejo supuso el final de la fábrica de madera, pero eso solo era una verdad a medias: la fábrica fue sobreviviendo de crisis en crisis durante una década más. Mi madre recibió una modesta indemnización, lo que le permitió terminar de pagar la hipoteca de la casa, y luego le quedó la pensión. Consiguió ahorrar lo suficiente para enviarme a la universidad y yo hice todo lo que pude por ser un buen hijo. Nunca me acusó de haber abandonado a mi viejo por

culpa de Bill Sanderson o de haberme apartado de ella
por culpa de Eva, pero si lo hubiera hecho yo no habría
podido reprocharle nada. Me había ausentado durante
mucho tiempo de sus vidas, y esa herida silenciosa estuvo presente entre nosotros a lo largo de los años.

Mi madre y yo intentamos llevar una relación más
estrecha que antes. Yo le escribía cada semana desde la
ciudad y la llamaba por teléfono cada dos o tres días.
Algunos fines de semana iba a verla en coche y durante
las vacaciones del semestre me quedaba con ella varias
semanas seguidas. Intentaba demostrarle que la quería,
pero nuestra relación fue un educado y tácito fracaso:
entre nosotros había afecto pero no intimidad, y en este
sentido podría haber sido el ensayo previo para un
matrimonio.

A los veinte años, tras años de no surfear casi nada, fui
a Bali y por fin pude ver la gruta de Uluwatu. Bajé por
la cueva hasta el mar y estuve surfeando la gran y tubu-
lar izquierda durante una hora, entusiasmado pero en
pésima forma. Tuve una mala caída que me causó un
desgarro de disco. Tardé una semana en volver a Perth
y cuando llegué me vine abajo. El prolapso discal se
arregló pronto, pero yo sufrí una especie de colapso nervioso. Faltaban pocas semanas para que me graduara,
pero nunca volví a la universidad. Me encerré en una
caravana en una granja de ovejas e intenté recuperarme
de la mejor manera que supe.

❉

Grace Andrews me amaba. E incluso cuando empezó a desconfiar de mí podía recordar eso. Daba clases en el departamento de zoología de la universidad en la que yo trabajaba como técnico de laboratorio. Mi madre la adoraba y se alegró muchísimo cuando nos casamos, y yo también estaba eufórico porque nunca había sido más feliz en mi vida. Tuvimos dos hijas, tan bellas que nunca pude dejar de preocuparme por ellas. Ahora ya son mujeres adultas, lo suficientemente mayores como para considerarme una diversión en vez de un rompe-cabezas.

Cuando Grace se quedó embarazada, me dijo que yo había tenido una reacción muy rara. Se supone que los hombres, me dijo, sienten rechazo por todos esos fluidos, el vientre enorme, el culo grande y los tobillos hincha-dos. *Eso* era lo normal.

Me eché a reír. Creía que estaba bromeando.

¿Así que prefieres la repulsión antes que la venera-ción?

A ninguna mujer le molesta la veneración, contestó. Pero si la veneración se convierte en lujuria, eso ya es muy distinto.

No entiendo de qué hablas, dije sin dejar de son-reír.

Es que da mucho miedo.

Ah, da miedo.

Nuestras voces conservaban un tono jovial, pero aque-lla conversación me trastornó. Años después, cuando ya no debería haber importado, cometí el error de sacar a relucir de nuevo esta conversación, un domingo por la tarde cuando pasé por casa de Grace a dejar a mis hijas. En la portada de una revista de modas y estilo había salido la foto de una actriz desnuda y embarazada, cosa que creó un gran escándalo. Para mí era una imagen valiente y hermosa, y sentía curiosidad por saber lo que opinaría Grace. Pero pareció muy molesta cuando se lo mencioné.

Es asqueroso, dijo, mientras las chicas subían con sus bolsas de viaje por los escalones que llevaban a la puerta principal. Eso es normalizar la pornografía.

Ah, vale, contesté en voz baja.

Me apoyé en el coche, cavilando sobre el potencial que tienen las cosas de agriarse sin remedio para siempre. Tal vez cometí una estupidez al mencionarlo. Como hombre, yo no tenía nada de particular, pero había sido, creo yo, un marido bueno y fiel. Nunca la obligué a someterse a jueguecitos sexuales, jamás hice cosas raras. Nunca me interesó la pornografía. Me convertí en un hombre completamente común y corriente: un tipo que trabajaba en un laboratorio y que no suponía una amenaza para nadie. Pero aun así…

La saludé con la mano y me metí en el coche.

Nadie quiere dar miedo. Siempre fui cuidadoso y a la mínima procuraba quitarme de en medio. Pero de algún modo, en algún momento, dejé de sentir. Nunca supe lo que me había pasado ni quise averiguarlo. ¿Cómo puedes explicar esa sensación de que te hagan sentirte sucio? Me refugié en una rectitud vigilante, siempre ansioso por agradar a los demás y sin arriesgar nunca nada. Seguí el plan de mi vida, ensayando con cuidado pero sin convicción cada nuevo paso que daba, como un obispo que no se ha dado cuenta de que su fe ya no es más que puro teatro.

Empecé, en contra de mi propia voluntad, a tontear con la electricidad. Unas cuantas veces recuperé el sentido en el suelo de baldosas del laboratorio, debajo de los fregaderos y las mesas de trabajo donde fermentaban los olores del agar y del desinfectante y del formol como si escondieran un obsceno secreto, y el retorno a la conciencia me dejaba un vacío triste como esa melancolía tenaz que llega después del sexo.

No entendía mi propia conducta. Yo no tenía ningún interés especial en la electricidad. Por supuesto que era una presencia potente y tangible en un mundo que ha desechado las presencias. En realidad era solamente un momento de sensación real, como un golpe en la cabeza. Me derribaba. Y dolía como un demonio. Pero al menos era algo que podía sentir.

❖

En la sala de espera de un dentista, durante un año del que apenas recuerdo nada, encontré una foto de Bill Sanderson en una revista de viajes. Por lo visto había llegado a presidir un imperio: tablas de snowboard, equipaciones de montañismo, todo de un estilo muy rebelde y muy chic. En la entrevista se mencionaba a su mujer Eva y a su hijo Joseph, un buen nombre mormón. Se hablaba mucho de los riesgos en sentido financiero. Sando se había convertido en una especie de gurú de las inversiones, un conferenciante motivacional de renombre. En las montañas de Aspen tenía el aspecto de un canoso Kris Kristofferson curtido por el sol, un triunfador.

Fue mi madre la que me envió el recorte de prensa sobre Eva Sanderson. Todavía ignoro por qué lo hizo. Hasta aquel momento nunca le había dado la suficiente importancia como para imaginar que mi madre pudiera albergar el más mínimo placer en hacerme llegar la noticia. Pero lo más probable es que mi madre simplemente pensara que me gustaría saberlo.

Si no fuera por los detalles escabrosos y su relación con una gran fortuna de Utah, la muerte de Eva no hubiera llegado jamás a ser noticia. De todos modos, lo único que le dedicaron fueron cinco centímetros en una columna de la agencia Reuters. Eva fue descubierta colgando desnuda de la cara interior de la puerta de un baño en Portland, Oregón. Una empleada salvadoreña del hotel la encontró con un cinturón anudado alrededor del cuello. La fallecida era la única ocupante de la habitación en el hotel de cinco estrellas, y la causa de la muerte fue una parada cardíaca causada por la asfixia.

No había nadie con quien pudiera comentar aquello, y menos que nadie, con mi madre. Grace vio el recorte y quiso saber, con todo derecho, qué significaba. Pero no se lo pude decir. No quería arriesgarme a poner en movimiento la enorme marejada de problemas que se acumulaban dentro de mí. Prefería ahogarla. A un coste considerable.

No se le puede reprochar a Grace que las cosas salieran como salieron. Ella solo quería ser feliz. Tenía que centrarse en su carrera y estaba preocupada por las niñas. Y al final, yo no estaba capacitado. No hay duda de ello.

Más tarde pedí un internamiento voluntario en una institución mental. Solo me permití salir el día del funeral de mi madre, un día de emociones fuertes. Me tomé el entierro como un sacramento de mi propio fracaso a la vez que un homenaje a la vida de mi bondadosa madre. Mis hijas estaban allí. Se alegraron de verme pero era normal que siguieran desconfiando de mí. Grace se empeñó en dejar a su nueva pareja en casa aunque no tenía por qué. Parecía triste pero decidida a seguir adelante, y no hay duda de que le molestó ver el estado en que me encontraba. Por entonces ya tenía algunas cicatrices y estaba atontado por las pastillas. Cuando se fue con las niñas al coche sentí el inexorable tirón del amor. Los asistentes al entierro se mostraron precavidos pero no asustados. Nunca he sido una persona violenta. Pero sí es verdad que doy un poquito de miedo, por lo que parece.

No volví al hospital. Incumplí mi promesa. Me metí en un coche y conduje hacia el este, todo lo más lejos que pude del mar y de la ciudad.

Cuando estaba en la clínica había un tipo alto que tenía la voz aflautada y que se paseaba todo el santo día con una biblia en la mano. El tipo tenía la costumbre de fijarse en las cosas que decías durante las terapias de grupo y más tarde te las soltaba añadiéndoles unos

versículos que sirvieran de comentario. Me tenía catalogado como una especie de compulsivo —no estaba
equivocado del todo—, pero estuve a punto de arrancarle las orejas cuando un día me dijo que un hombre
que piensa con lujuria en la esposa de su vecino ya es
un adúltero.

No, Desmond, le dije. Eso son tonterías.

¡Es imposible negarlo!

Tenemos ideas. Todos tenemos ideas. Pensamientos.
Deseos. Y vienen y van sin causar daño a nadie.

Desmond sacudió la cabeza y me hubiera gustado aga-
rrarle por el pelo y vaciarle el veneno que tenía metido
ahí dentro. *Quería hacerlo*, pero no lo hice. Le dije que
era un tipo patético y peligroso, y que no debería decir
esas cosas, sobre todo a gente vulnerable como nosotros.
En esa época, yo estaba totalmente grillado, pero conservaba la cordura suficiente para saber que hay un
mundo de distancia entre pensar una cosa y hacerla.

Te falta moral, me dijo en tono condescendiente.

¿Y llamas a eso moral?, contesté, procurando no chillar. ¿Robarle a la gente la diferencia que hay entre los
pensamientos y los actos?

Amigo mío, dijo Desmond, te lo digo por amor. Eres
un cautivo del mal.

Ese tipo de diálogo me aterrorizaba porque en un
momento de inseguridad mental podías acabar creyén-
dotelo. Y aunque yo estaba agotado y triste y jodido, no
estaba dispuesto a aceptar aquellas chorradas. Ya me
había creído demasiadas idioteces en la vida y estaba
harto de ellas. Es *posible* creer que cuando una idea se
te viene a la cabeza ya ha nacido una acción que no
puedes evitar. Es como si al pensar algo ya estuvieras

haciendo que ocurra porque la acción se vuelve inevitable o incluso necesaria. A veces es útil recordarte que no es así.

Un cautivo del mal, había dicho Desmond.

No, contesté. Soy un paciente voluntario.

Pero lo que no dije, porque no confiaba en que pudiera reprimirme de darle una buena, es que nadie debería ser esclavo de sus pensamientos: eso sí que era cautividad, eso sí que era el mal.

A nuestro alrededor había mucha gente observándonos a Desmond y a mí, esperando que llegaran las tortas. En la clínica había gente que creía que habían muerto bebés y habían ardido ciudades por culpa de los pensamientos que tenían en la cabeza.

¿Piensas con lujuria en la mujer de tu vecino?, me preguntó la chica que tenía los brazos llenos de cortes. De verdad, a nosotros nos lo puedes contar, añadió en tono burlón.

Mi *mujer*, contesté. Mi mujer es ahora la mujer de mi vecino. Y la antigua mujer de mi vecino está muerta.

Vaya, tío, eso sí que es un lío bien jodido, dijo alguien.

¿Y no hay lujuria?

No mucha, dije. Ya no.

❄

Loonie murió en México: lo mataron a tiros en un bar de Rosarito, no muy lejos de Tijuana. Un asunto de drogas que salió mal. Tal vez se hubiera puesto a hacer negocios con los polis que no debía. Durante años me fueron llegando rumores de que lo habían visto en las

playas del norte de Sídney o en Perú o en las islas
Mentawai. Su fama de tipo que se atrevía con todo
perduró. Surfeaba a lo bestia y vivía a lo bestia y parece ser que se lo financiaba todo traficando y estafando
con drogas. Se decía que había conseguido salir varias
veces de Indonesia a base de sobornos porque tenía
contactos en el ejército. Me pregunto si aprendió el
negocio cuando estaba con Sando y si cuando viajaban
juntos se dedicaban a hacer otras cosas además de surfear —aquellos viajes a Tailandia, las largas ausencias
sin motivo, las tablas de surf que llegaban de todas
partes del globo—, y si el dinero de la familia de Sando había aumentado gracias a aquellos negocios tur-
bios.

Sentí un calambrazo de dolor cuando me enteré de
lo de Loonie. No me dejó totalmente tocado, como
había ocurrido con la muerte de Eva, pero me sentí
vacío, como si de repente hubiera perdido una parte de
mí.

Llamé a Grace desde una cabina en Wiluna, rodeado
de vidrios rotos y tierra roja.

Siento llamarte, dije.

Sí, seguro que lo sientes mucho, muchísimo.

Todas las personas que conozco están muertas. O se
han ido.

¿Y qué planeas hacer ahora?

Voy a dejarlo todo atrás, contesté como si fuera un
político. Dejarlo todo atrás y seguir adelante.

Me colgó el teléfono.

✻

Durante un tiempo compartí una casucha con un cura que había sido expulsado del sacerdocio. Era alcohólico y un hombre sabio y durante un tiempo lo odié. Lo conocí porque un día me paré a pedirle agua para el radiador de mi coche, pero se dio cuenta enseguida de que aquel no era mi único problema. Era evidente que no había perdido su celo de misionero porque durante tres semanas me escondió las llaves del coche hasta que recuperé la confianza en mí mismo.

Vivíamos a la orilla de un lago salado que se había quedado seco y que parecía burbujear y nadar a contra-corriente durante todo el día. A pesar de lo agrietado y parcheado que estaba, el lago parecía lleno de agua y no vacío por completo. Cuando logré recuperarme un poco y el cura me devolvió las llaves, me quedé allí durante un tiempo más: seis meses en total. El viejo dormía den-tro de la casucha en un catre de metal, y yo me tumbaba en el saco de dormir, bajo las estrellas titilantes, sobre el mismo lecho reseco del lago. De día nos sentábamos en la galería destartalada de su cabaña a contemplar las cosas que surgían del lago reseco. Nos reíamos con cada nuevo espejismo fulgurante porque compartíamos la misma incredulidad. El cura decía que no había probado una gota en quince años y que había logrado superar el pensamiento mágico. Pero el lago salado le hacía vivir en permanente alerta. Y yo sabía a qué se refería. El lago estaba lleno de sorpresas.

Bien mirado, no llegué a recuperarme del todo —ya no creía en esta clase de cosas—, pero ciertas partes de mí regresaron como hacen las moscas o los recuerdos o las partículas subatómicas, es decir, por razones que solo ellas conocen. Poco a poco me fui recomponiendo —creo que se podría describir así—, y luego empecé a recuperar el juicio. Y salí adelante e inicié una nueva vida. O seguí adelante intentando sacar el mejor partido de mi antigua vida.

Durante un tiempo temí las sensaciones fuertes. Pero encontré la forma de enfrentarme a ellas. Descubrí que había algo en lo que era muy bueno, algo que podía hacer mío. Soy un paramédico cojonudo. Cuando las cosas se ponen muy feas, me pongo en marcha y la gente se alegra de verme. En cuanto ven el uniforme, confían en mí, y eso me hace feliz. Y todo sucede muy deprisa, todo es adrenalina, todo es rápido y sucio.

❉

Cuando las chicas iban al instituto, procuraba estar cerca de ellas durante los fines de semana y las vacaciones de verano; pero ahora que ya son mayores, viajo mucho más. Voy a lugares salvajes a surfear o hacer descensos en balsa o a hacer senderismo. He surfeado sobre aviones hundidos en Nueva Guinea y he pillado olas en la playa donde los bandidos del coronel Ollie North descargaban las armas. Y he conocido a un montón de buena gente, hombres y mujeres.

Supongo que podría decir que soy casto, cosa que suena un poco moralista, pero en realidad todo se ha debido a un proceso de adaptación a lo que uno tiene. Y se parece bastante a la vida matrimonial, según me cuenta la gente.

En los Juegos Olímpicos de Invierno de 2002, una esquiadora acrobática australiana ganó la medalla de oro y de la noche a la mañana se convirtió en la heroína nacional de un país con muy poca nieve. Y de repente la esquiadora, una chica rubia muy guapa, empezó a salir en todos los programas de televisión anunciando cereales y chicles y Dios sabe cuántas cosas más. Me acordé de Eva.

No hace mucho, estaba en la sala de espera de un aeropuerto y las pantallas gigantescas de televisión mostraban los momentos destacados de los Juegos Olímpicos de Invierno de Turín. Durante diez minutos, como mínimo, tuvimos que ver la repetición a cámara lenta del accidente de una esquiadora acrobática que se caía al aterrizar. Veíamos la trayectoria cuando se elevaba y giraba. El giro de noventa grados demasiado lejos del lugar adecuado. Y el choque brutal de la rodilla destrozada contra el suelo. Daban primeros planos que confirmaban la lesión y había algo morbosamente obsceno en los comentarios que acompañaban a las imágenes y que se repetían una y otra vez. Los pasajeros que había a mi lado casi no se inmutaban. Estaban cansados y esa historia del esquí de alto riesgo ya estaba muy vista. Pero allí estaba la chica, resbalando boca arriba por la ladera de la montaña en medio de una nube de nieve pulverizada e intentando mantener la pierna en su sitio. Aullando de dolor. Una y otra vez. Era como si la obligaran a pasar toda la eternidad resbalando por la pendiente de su caída y con la pierna hecha polvo. Tuve que levantarme y coger la maleta y largarme de allí y atravesar las deprimentes franquicias de la terminal procurando no perder la calma. Esta pesadilla de repeticiones continua-

das no me recordaba a Eva. No. Me recordaba a mí
mismo, a mi yo anterior, y la repetición a cámara lenta
de esas imágenes era la forma en que había funcionado
mi mente durante demasiado tiempo.

Aparentemente no hay nada que temer en la vida salvo
el temor mismo. Esta es la clase de idiotez que oyes decir
en los pubs o en los relevos de las ambulancias en la
estación. Se habla mucho del miedo. Y también de los
famosos y de métodos de adelgazamiento y del salario
mínimo.

A la mayoría de la gente no le gusta tener miedo. Es
comprensible. Excitarse con el riesgo es una cosa perversa, a menos que te dediques a los negocios. Los inver-
sores son personas valientes, mientras que los que se
dedican al salto BASE son unos idiotas irresponsables.
Los navegantes solitarios ponen en riesgo a los equipos
de rescate y los que hacen *snowboard* tirándose de un
helicóptero son cretinos con tendencias suicidas que solo
buscan llamar la atención. Los corresponsales de guerra,
como todos sabemos, no son más que zumbados. Hay
riesgos, por lo que parece, que no merecen ningún respeto. Pero al mismo tiempo, casi todo el mundo está
aterrorizado por la idea de que *esto* —sea lo que sea que
te depare la vida— sea *todo*. Y lo peor es que *esto* se
terminará pronto. Esa clase de temor —como el dolor
de muelas— se puede soportar. Bueno, casi siempre.

Estas son las cosas que me hacen cavilar en mi rincón
de la cantina de la estación mientras los más jóvenes
ven un *reality* y envían mensajes de texto a las personas
que aman. Y así es como paso las horas cuando no

ocurre nada. Pienso demasiado, coqueteo con la melancolía.

Pero cuando suena la alarma, me pongo en pie y salgo corriendo, asustado, sí, pero también más feliz que un perro con dos pollas.

La sabiduría popular dice que los paramédicos son o ángeles o cowboys, y por lo visto soy el último ejemplo viviente de la segunda categoría. Eso casi no me ofende. La gente con la que trabajo y la gente a la que tengo que socorrer son personas que se han vuelto locas o que se volverán locas dentro de poco, así que me encuentro entre ellas como en mi propia casa.

Hago un buen trabajo. Cuando aúllan las sirenas, estoy totalmente presente y doy lo mejor de mí mismo. Voy hasta arriba de emociones fuertes, pero dentro de mí hay una zona silenciosa y tranquila como en el centro de un ciclón. Me gusta la autoridad sacerdotal que me prestan el uniforme, el vehículo y las luces, y la confianza que todo eso infunde en la gente. Cuando ven el uniforme y el equipo de reanimación se calman un poco y sienten un atisbo de fe, y mientras trabajo, mi fe se encuentra con la suya. Yo estoy allí para salvar, para mejorar las expectativas, para hacer el bien.

Algunas veces ganas y otras pierdes.

Hay noches, como la de ayer, en las que siempre llegas tarde y lo único que puedes hacer es cogerle la mano a alguien. He procurado no tomármelo como un asunto personal, pero esa llamada para acudir a la casa de las afueras me hizo volver atrás. Fue una ráfaga de viento que llegaba del pasado, como una ventana que se abriera momentáneamente. Conozco muy bien la diferencia entre el suicidio de un adolescente y un exceso fatal de confianza. Conozco muy bien el aspecto que tiene un chico cuando se ha estrangulado por placer.

Soplo en el diyeridú hasta que todo me duele, hasta que no siento los labios, hasta que una viejecita al otro lado de la calle me hace una peineta.

✻

Unas pocas semanas al año voy a Sawyer con la honesta intención de arreglar la casa de mis viejos. La fábrica ya no existe y los prados del ganado están sembrados de viñas. El pueblo ahora ya solo tiene bodegas y hotelitos rurales. Una pareja de lesbianas fabrica quesos en la casa de al lado. Son como los personajes de una vieja comedia de la televisión. Y son buenas vecinas.

No veo a nadie de los viejos tiempos, salvo a Slipper, aquel tipo del grupito de Angelus, que ahora está calvo y a veces va a la Punta en un kayak. La casa de Sando y Eva ha desaparecido y el terreno se ha dividido en parcelas. Los abogados y los arquitectos de la ciudad se han construido allí sus ostentosas segundas residencias.

La vieja Brewer sigue en el cobertizo de los trastos de papá. Nunca he vuelto a usarla desde el día en que la perdí en Old Smoky. Hoy en día, los surfistas se hacen llevar hasta la rompiente a remolque de una moto acuática. Uno se puede imaginar el ruido y el pestazo a gasolina. Hay gente que va a surfear a Barney's, pero no mucha. Al parecer, el tiburón sigue rondando por allí, y ahora goza del estatus de especie protegida. Por lo que sé, la nueva generación todavía no ha descubierto Nautilus.

La verdad es que hago muy pocos arreglos cuando estoy en la casa de Sawyer. El tiempo es demasiado valioso. Tengo una vieja *longboard* de tres metros, un tablón de los años sesenta que podría haber salido en la película *Chiquilla*. La meto en la furgo y me voy a la Punta y remo atravesando los grupos de bodyboarders con la nariz despellejada para coger una ola de cada dos series.

No voy allí a demostrar nada: tengo casi cincuenta años. Tengo artritis y un hombro hecho polvo, pero todavía puedo mantener un cierto estilo. Y voy deslizándome por las larguísimas paredes verdes que rompen en dirección a la bahía para sentir lo mismo que sentí cuando empecé con esto, eso que perdí tan deprisa y durante tanto tiempo: el dulce impulso, la fuerza centrífuga que sientes bajo los pies, y esos breves y raros momentos en que te asalta la gracia. Y entonces estoy danzando sobre las olas, trazando líneas igual que vi hacer a otros surfistas hace cuarenta años.

De vez en cuando mis hijas vienen a pasar unos días conmigo. A veces se traen a sus parejas; no me importa. Una semana antes de que lleguen ya tengo la casa limpia. Mis hijas han visto muy de cerca el caos, así que valoran el orden. Creo que mi trabajo les hace sentir seguras y les permite ver que ahora tengo un objetivo en la vida. El trabajo y su interés me hacen controlarme mejor. Me esfuerzo mucho. Para mis hijas ha sido muy importante saber que no soy un inútil. Creo que se dan cuenta de lo duro que es mi trabajo, que salvo vidas y procuro ser amable. He hecho todo lo posible por explicarles mis problemas sin entrar en detalles escabrosos. Ahora ya son adultas, pero todavía me mantengo alerta y pongo mucho cuidado en no alarmarlas. Ya ha habido demasiado dolor, demasiada vergüenza.

Mi momento preferido es cuando vamos todos juntos a la Punta, porque cuando me ven en el agua no tengo que mostrarme precavido y nunca siento vergüenza. Ahí fuera soy libre. No necesito controlarme. Es probable que ellas no se den cuenta de todo eso, pero es muy importante para mí demostrarles que su padre es un hombre que sabe danzar: un hombre que salva vidas y traslada a los heridos, sí, pero que también es capaz de hacer algo totalmente bello e inútil, y que al menos en eso nunca tendrá que dar explicaciones a nadie.

«Nunca le des la espalda al mar.»
DUKE KAHANAMOKU

Desde LIBROS DEL ASTEROIDE queremos agradecerle el tiempo
que ha dedicado a la lectura de *Respira*.
Esperamos que el libro le haya gustado y le animamos
a que, si así ha sido, lo recomiende a otro lector.

Al final de este volumen nos permitimos proponerle otros títulos de
nuestra colección.

Queremos animarle también a que nos visite en
www.librosdelasteroide.com y en nuestros perfiles de Facebook, Twitter
e Instagram, donde encontrará información completa y detallada sobre
todas nuestras publicaciones y podrá ponerse en contacto con nosotros
para hacernos llegar sus opiniones y sugerencias.
Le esperamos.

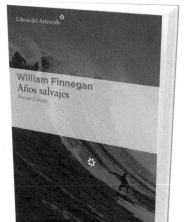

«Este relato de un surfista en busca de la trascendencia es una obra maestra que recuerda al primer James Salter.»
Geoff Dyer

«Un escritor sutil y observador, Finnegan explora todos los aspectos del surf —desde su técnica y las emociones embriagadoras que provoca hasta su cultura y sus códigos tribales— de una forma que conmueve por igual tanto a los surfistas como a los completos desconocedores del tema.»
John Lancaster (The Washington Post)

«Una *rara avis*, un novelista que sabe urdir una trama y contar una historia. Tiene una energía increíble.»
Elmore Leonard

«Una novela cautivadora que explora el lado oscuro del surf. Alejado de clichés, el autor nos lleva en busca de la ola mítica, pero va mucho más allá. Personajes atormentados y en la cuerda floja, una escritura espléndida, una investigación poco convencional y ni una línea de más.»
L'Obs